铁锈新鲜

阿郎 / 著

作家出版社

目录 CONTENTS

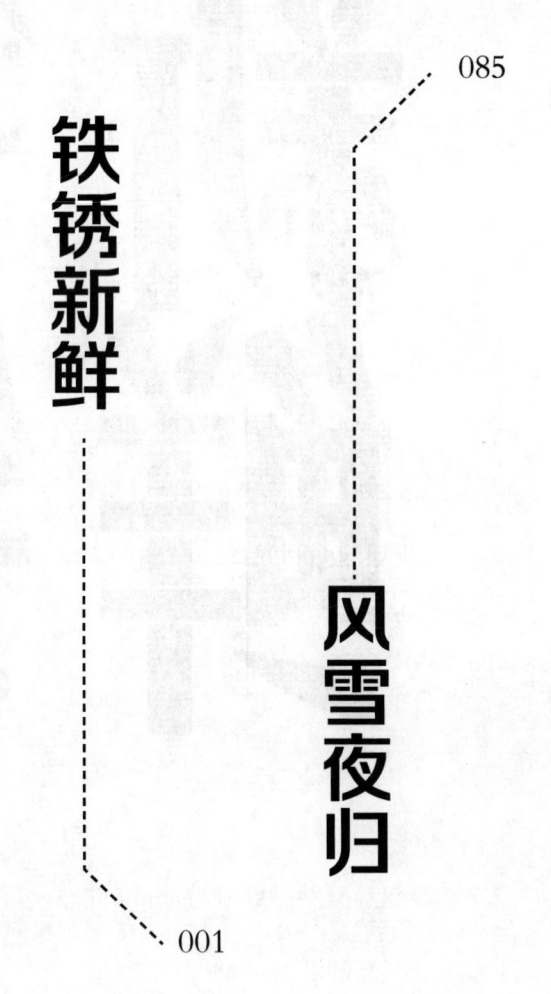

铁锈新鲜 001

风雪夜归 085

疼痛的秘密　137

西边有座山　207

夜　宴　277

铁锈新鲜

1

第一次跟踪这么性感的女孩儿，我的心里还是有点异样。

我是在等红灯的时候，看见她从前面的102路下来，大冬天的，穿一个短裙，光着腿，腿细长，鹤一样，闪着光，招惹了我的好奇。下车后，女孩儿往北，沿着富江路走。走得急，两条腿紧着捯，紧翘的屁股有节奏地左右扭斜。

我一开慢，后面的车就追命似的鸣笛，晃大灯。女孩儿有所警觉，回头看了好几眼。在合江花园小区门口，一辆转弯的桑塔纳，差点撞上她。桑塔纳一个急停，我也跟着一个急停，桑塔纳的车灯和我的车灯在黑夜里重叠出一个井字形状。

桑塔纳鸣长笛，表达不满。后面的车也跟着鸣长笛，也表达不满。等我重新发动车子，让过桑塔纳，女孩儿已经不见了。

我计算了一下正常人的步行速度，在可能的范围内转了两圈，把车停在春风旅馆的路边。我把座椅调整到一个舒服的位置，车窗留一道小缝，点上一根烟，打开广播。一个男生压着嗓子唱，"静静的村庄飘着白的雪，阴霾的天空下鸽子飞翔，白桦树刻着那两个名字，他们发誓相爱用尽这一生……"

半个多小时后，女孩儿出现在春风旅馆门口的台阶上。仍旧光着两条腿，脑袋上已经扣上了一顶针织的帽子，再次坐上了102路。她在北钢厂东门下车，进了家属区。我在她进去的3号楼门口，用粉笔画了一个叉。

回到车上，掏出笔记本，翻到最新的一页，做了必要的记录。我还想再写点什么，想了半天，思绪纷乱，抓不着头绪，只好作罢。

2

刑警队规定早晨八点半上班，但也就是那么一个规定，一忙起来,早上八点半还没下班,也是经常的事儿。像今天早晨八点半的时候,刑警队就已经开了快两个小时的会了。

队长耿斌阴沉着脸,一根接一根地抽烟,他气坏了。昨晚在东郊发生一起交通事故,一辆小轿车把一个蹬倒骑驴的老头给撞了个四仰八叉。这本属于一起典型的交通事故,轮不到刑警队管,交通大队处理了就得了。坏就坏在,小轿车司机下车,给了老头两刀,其中一刀捅到了肺部,现在老头躺在重症监护室。这下性质就变了,刑警队得上了。

安城全体干警奋斗一年,马上就要实现三百六十五天零发案的纪录了,让一个不知道哪儿冒出来的王八犊子一刀给废了。先进单位肯定是别指望了,要不尽快破案,整不好,给一个通报批评也得受着。

别看刑警们一天天牛气哄哄,吵吵有案必破,可破案哪有那么容易。我知道的,安城就有两三起肇事逃逸案悬在那里,其中武百万的那个案子,当时连省里都下来人了,可十来年过去了,还是没什么头绪。

武百万那个案子发生在城区,也就是天刚擦黑的时候,事发时，受害者车上还带着六岁的儿子，车没撞咋的，孩子也好好的，开车的武百万让人拽出来干了两枪，胸口那么大一个窟窿，车里车外都是血，安城首富当场死亡。

最近几年，因为几起积压案件一直没弄明白，我们局长去市里开会都抬不起头，市局领导动不动就说："你们这样还好意思叫安城？哪儿安了？摸摸自己的良心，安了吗？"

这次的案件比武百万那次还扎手，事发地点是在东郊，偏僻不说，事发时间是晚上十点多，夜深人静，黑灯瞎火，没有找到任何目击证人。是一个热心市民把老头送到人民医院，打给派出所的电话还是医院的号码。现场勘查获得的信息也极少，基本可以判断是一辆黑色的小轿车，事发时，时速不会低于六十五公里。大伙最担心的是，如果是路过安城车辆的话，那破案的概率就更加微乎其微了。

十点多的时候，按照耿斌的布置，大伙散开，分头下去摸排。摸排是一个辛苦活儿，行走路线遵循右手原则，排查入户，要一一落实到具体人头，犹如大海捞针。这是最笨可也是最有效的办法，只要下功夫，大海捞针也能捞出一根针。

按理说，这样的会用不着我们宣传科的参加，最多就是人手紧张的时候，我们跟着执行。但是这次案子有些不同，肇事逃逸还伤人，接近蓄意杀人了，考验的已经不仅仅是刑警队了，犯罪分子等于骑在全体安城干警的脖子上拉屎了。副局长曹江要求，不但要尽快破案，还要破得漂亮。

这次调我们宣传科的人进入专案组，就是这个原因，刑警队负责破案，我们宣传科负责破得漂亮。

这次摸排也和以往不一样，摸排对象除了惯常的肇事逃逸者，还要找到那位做好事不留名的热心市民。公安部门既要做到严厉打击犯罪分子的嚣张气焰，又要全力弘扬我市人民助人为乐的良好精神面貌。打击宣传两手抓，两手都要硬。

散会的时候，老肖和我嘀咕："真是奇了大怪了，做好事不留名就是不想让人知道，这得刑警队那帮人上啊，我们上哪儿找去。"我故意很大声地推动椅子，掩盖住老肖的牢骚。这个人啊，当了这么多年警察，嘴上还是没把门的。

3

宣传科不像刑警队摸排经验那么丰富，不过，摸排这种活儿，也没什么技术含量，要的是腿脚勤快，多带一张嘴一双眼睛，反复过筛子。还有就是要做好心理建设，摸排的大多数时间都在做无用功，如果真的发现了点什么线索，那也是不知道什么时候烧的高香碰巧现在显灵了。忙活好几天什么发现都没有，也正常。更何况像这种肇事逃逸案，事发地周围二十公里才是关键区域，这些出活儿的地方，早就让刑警队那帮小子给占上了，轮不到我俩。

我和老肖负责的是北钢家属区那片。老肖有点磨叽，一路上叨叨咕咕，说自己肺气肿，好几年了，北钢家属区那一片都是老楼，楼梯又陡又长，这上楼下楼的，不得出人命。我安慰他，你就负责一楼的，上楼的活儿，我包圆儿了。他明显放松了些，但还是磨叽，"不是那么一回事儿，我就是觉得咱们宣传科净干这些吃力不讨好的活儿，咱们这边吭哧瘪肚地累够呛，人家那边可能早就齐活儿了，咱们还少给人家当分母了？走那个形式有个毛用。"

我和老肖负责排查的片区除了北钢家属区，还有三合名苑。两个小区，一共十六栋板楼，住了有上千户。除了原来北钢的家属，就是回迁户，私占很严重，全区消防会议上通报过这片儿的安全隐患问题，工作量还挺大的。

也有好处，这样的老旧小区老年人居多。东北的老头老太太都热情，开门就往屋里拽，又倒水又拿瓜子，一唠起来就停不下。东家长李家短，谁家孩子在哪儿上班，一个月挣多少钱，谁家两口子离婚了，谁和谁搞破鞋了，谁家孩子不孝顺，连在外打工谁挣钱多少都知道……不到半天，这片儿的情况就摸了个大概。

北钢家属区一共六栋楼，都是正南正北的户型。叫家属区，但没有围墙，所谓的小广场其实就是楼和楼中间的空地。虽然看着简陋，但热闹，大冬天的，趁着晌午有太阳，居民都聚到小广场唠嗑、晒太阳。

最热闹的是三栋楼和四栋楼中间的那块，因为修了一个和儿童公园里一样四角飞扬的凉亭，凉亭里也有一个圆桌和四个圆柱形的凳子，水泥的，凉得跟冰一样，上面垫着纸壳。一帮老头聚拢在凉亭里下象棋，别看年纪都不小了，可棋风彪悍，一个车一个马的事儿，说说就瞪眼睛，下下就掀棋盘，场面那叫一个刺激。

老肖和我说，这帮下棋的人里，最不稳定的因素是三个老头。三个人水平差不多，手都挺臭的，但架不住瘾大，冻得又是哈喇子又是鼻涕，可天天来，削尖脑袋往里挤，抢着棋子就不撒手。

其中一个老头嘴不好，一边下棋一边唠叨，谁和他下谁憋屈。胜了，他能找理由，听他说那些，你自己都觉得胜之不武。输了，他在那边吹牛，你这边更窝火。别看楚河汉界上温吞吞的，几个老头嘴上可热闹极了。

有人群的地方就有左中右，另外两个老头明显结成了一个阵营，俩人经常车轮战收拾嘴不老实的那个。那个老头也看出来了，手上不闲着，嘴上不饶人，冷笑热哈哈，以一敌二，顾盼自雄。围观的人煽风点火里挑外撅，一会儿说这个下得好，一会儿说那个下得好，三个老头下棋下得急赤白脸。

几个老太太散坐在凉亭外边，一边晒太阳一边看热闹。根据太阳运行的轨迹挪动马扎，太阳转半圈，她们几个转一圈，可不管怎么转，眼睛一直望向凉亭这边。在老太太们的注视下，一群老头愈加轻狂。

4

耿斌对我们这边的摸排很不满意，质量没有，速度还上不去。他也没好意思深说我们，毕竟刑警队那边进展也不大。

他们那边倒是找到了受害者家属，受害者姓王，五十二岁，就住在事发地往前一公里左右的瓦盆窑。

老头在附近还挺有名，认识的人都叫他王瘸子。虽说叫王瘸子，其实不瘸，下岗前在化肥厂上班，受过伤，拄过一段时间拐，伤好了，拐杖就扔了，可外号落下了。平时蹬个倒骑驴走街串巷收破烂，手脚不大老实，顺手牵羊的事儿没少干，有几回让人当场抓住，还闹到过附近的派出所。

王瘸子有一个儿子，在深圳打工，两年前死的，听说是厂子欠钱，他上楼顶，举着横幅要账，一激动，失足摔死的。家里就王瘸子和老伴两个人，老伴瘫痪在床好几年了，一问三不知。也就是说，刑警队忙活两三天找到了受害者，除了还得抽调出人手帮着照顾老王太太之外，有价值的信息约等于零。

刑警队在医院里加派了人手，大伙儿都盼着王瘸子这个活爹能早点醒，好能从他嘴里抠出点什么。

排查车辆信息的小组也没什么进展，安城有黑色的小轿车不下二百辆，车的档案都调取了，具体车辆信息和驾驶员信息都还在排查。负责摸排汽修厂的小组说，已经排查了二十几家，没发现什么问题，还在排查剩余的十几家。

工作会上，队长耿斌气得把手机都摔了。

5

我跟老肖说，这三个老头太嚣张了，得给他们点颜色看看。你去和他们下两盘，以你的水平，一个人收拾他们三个都有富余。

老肖觉得和他们这种臭棋篓子玩太掉价，再说天这么冷，他还有肺气肿。我说，你的活儿我替你干，你这几天就和他们下棋就行。可是咱们得先说好了，下十盘，你得输三盘，不能全赢，对人民群众还是得以团结为主。老肖露出为难的样子说，十盘输三盘挺难，比十盘赢十盘难多了。我安慰他，难为你了。

老肖说是那么说，一动起真格的来，就丢掉了党员的基本觉悟，下了十盘输了九盘，也就勉强赢了那个碎嘴老头一盘。老头脸上挂不住，指着老肖鼻子骂："有你那么跳马的吗？别着马腿呢你还跳，长没长眼睛，哪儿来的二百五，会不会下棋？"

我们都叫他老肖，其实他跟我年龄差不多，也是二十啷当岁三十出头。老肖中专毕业，比我早两年参加工作，天生少白头，人又懒，天天琢磨着怎么养生，说话慢条斯理，跟个老干部似的。可是再怎么说，老肖毕竟年轻气盛，刚开始还跟老头赔不是,可老头骂骂咧咧地得理不饶人,老肖那张胖脸就有点变颜变色。

那俩老头也反过来损老肖,说他净瞎整。还问老肖,"你们年轻人是不是都不讲规矩了?都咋干咋有理了?还有人管没人管?改革开放了,就胡来了?就你那臭手,累折你的裤衩带儿也赢不了哇。"

老肖气得翻白眼,回头看我,意思是让我上来帮帮忙。

我和那帮老太太坐在一起忙着晒太阳,正舒服着呢,哪有时间管这闲事。东北冬天黑得早,眼瞅着太阳就没了,得抓紧时间。

6

在晚上的工作会上,负责排查汽修厂的一组反映了一些情况,青年大街一家修配厂里停了一辆黑色的桑塔纳,看样子刚修过,车主登记的是关亚玲的名字,这家汽修厂的老板也叫关亚玲。

耿斌眼睛立了起来。

两个小时后，刚出去的两拨人都回来了。情况汇总如下，关亚玲，女，四十三岁，属猴的。原来是安城化工厂的质检员，下岗后，倒腾服装，在轻工市场那儿站了几年床子。关亚玲能说会道，嘴甜，人长得也好看，买卖不错，应该是赚了些钱。结婚之后，就把床子兑了出去，安心在家侍弄孩子。前些年，男人出车祸死了，她接手了家里的汽修厂。

刚开始可能是不大懂，被人骗过几回，就连自己厂子的人也对她使坏。技术大工总故意刁难她，一年给涨了好几回工资也不满意，暗地里没少祸祸她。那段时间，安城人都知道，去她家修车给大工塞点钱，零件和手工都能便宜不少。

关亚玲这个女人不简单，没用两年就明白过味儿来了。开除大工那天，老娘们上去就抡了几个大嘴巴，那个大工连屁都没敢放。没过几天，关亚玲又新招了一个大工，买卖没塌，反倒红火起来了。现在安城这一片，她家算是干得最大的。

关亚玲具备作案的嫌疑，但不具备作案时间。有人看见事发那天晚上六点多,她带着儿子去了老六杀猪菜馆吃饭。服务员说,她娘俩不到一个小时就离开了,好像吃饭的时候发生了点争执,走的时候都气哼哼的,服务员和她打招呼都没搭理。

八点多的时候,有人看见关亚玲去了刘半仙家。那天去老刘家的有十来个人。还有一个多月就进入新千年了,最近安城的人都在传说2000年是世界末日,传得有鼻子有眼的,很多人都信了。去刘半仙家学习的人也比过去多了,待的时间也比平时长,那天他们是待到十点多才散的。

耿斌问:"离开的人里有关亚玲吗?她走的时候开车了吗?"问前一个问题的时候,刑警队那帮人还挺淡定,回答说:"有,她出来后,还去刘半仙家对面的仓买买了一包卫生巾。"问第二个问题的时候,大伙儿就有点傻眼,都没出声。耿斌又接着问:"关亚玲的儿子调查了吗?"这回大伙不但不出声,还低下了头。

耿斌气得又把手机举起来了,这回没摔,又放下了,大概是心疼新买的手机。

他亲自带队去查。

关亚玲的儿子叫关海舟，今年十八岁，在哈尔滨第六中学上高二。大约十天前，休了病假，回安城养病。邻居说，关海舟小孩挺仁义，别看家里有钱，可不讨人厌。放假就在家里待着，很少出门。孩子长得白白净净的，从小身体就不好，现在也瘦，手脚跟麻秆似的，害羞，见着人都躲，走道都顺着墙根走。

哈六中的老师也说，关海舟学习挺努力，但成绩中上等，甚至可以说是一般。在班级里和同学的关系也一般，要么客客气气，要么不大说话，这个小孩挺蔫儿的。

刑警队那帮人有点激动，一线干警都有一种说不清道不明的第六感，他们知道那些平时张牙舞爪的人，一般都折腾不出什么大事儿，越是蔫了吧唧的，越可能有内容。大伙都望着耿斌，就等一声令下，去会会这个关海舟。这时候耿斌倒不着急了，坐在沙发上慢条斯理地抽烟，都烧到过滤嘴了，还在抽，屋里弥漫了一股烟袋油子味儿。

大家的情绪也跟着变得复杂起来，铁板一样的案件终于撬开了点缝儿，能不激动嘛。在激动之余还是有点惋惜，一个大好青年的前途可能就此折了。一线民警的情感经常这么复杂，一方面希望破案，一方面又不希望有凶手，这可能吗？

耿斌第二根烟抽到一半的时候，二小队的人回来了，在耿斌耳边说了几句话，耿斌狠抽了几口烟，没出声，头上笼罩了一层云雾。

又过了一会儿，三小队的人回来了，在耿斌耳边说了几句话，耿斌掐灭了烟，头上的云雾散去。

7

肇事车辆就是关亚玲那辆黑色的桑塔纳，车辆鉴定上明晃晃地写着保险杠是新换的。在关亚玲开的汽修厂后院，干警们找到了旧保险杠，受损痕迹和现场模拟状况一致。

关海舟交代说："我有驾驶证，十八岁生日后两个月就考下来了。有驾驶证的成年人驾驶合法车辆，不犯法吧？"

关亚玲交代说："我是开汽修厂的，好车谁修啊，都是磕着了，碰着了，才来修理厂。我修别人的车是修，修自己的车也是修，修理厂修自己的车，不犯法吧？"

负责维修的工人交代说："我给老板打工，老板让修哪辆车，我们就修哪辆。工作不就是干活吗，何况还是在上班时间。上班时间干活儿，不犯法吧？"

耿斌骂人了，"谁让你们审问了，这样的人，审问能审出来吗？你得和他聊天。"刑警队长耿斌同志亲自和高中生关海舟聊天，一聊就聊了两个多小时。

两个多小时以后，耿斌不但没有下令逮捕关海舟，还在大伙眼皮子底下客客气气地把关海舟送到公安局门口，像父亲叮嘱孩子那样嘱咐他，"你妈供你上学不容易，你也懂点事儿，别总气你妈，你再长大点就知道了，哪个当家长的都不容易。"

8

耿斌那边刚送走关海舟，我这边就接到了孙国庆的电话，让我立刻回局里，到曹局办公室来一趟。

老肖劝我："不在这一时半会儿，你两个小卒子都过河了，再走几步，就拱死他了。"

别看曹江是副局长，我只是一个宣传科的小科员，他的副局长办公室我还真没少来，没少喝他的茶叶。曹局知道我喜欢写东西，没事儿的时候，会叫我到他这儿聊天。他喜欢果戈理，不但看过《钦差大臣》《死魂灵》这些，甚至还看过果戈理写过的一个叫《结婚》的剧本。

他不明白我为什么喜欢《罪与罚》，他说他下了好几回决心，都卡在前两章，看不下去，小拉那点把戏跟乞乞科夫怎么比？《死魂灵》才能代表俄罗斯文学，创作背景宏大、深刻，乞乞科夫一出场，正赶上农奴制开始土崩瓦解，社会处在剧烈的变革当中，那才叫个人命运与社会变革深刻交织。你瞅瞅人家果戈理说得多好，世界正处在旅途中，而不是停靠在码头上。果戈理才是有担当的写作者，《死魂灵》才是划时代的巨著。你说说《罪与罚》，那谁，是小拉吧，不就是一个地痞无赖嘛。那小子也就是在他们俄罗斯，要是在咱们安城，早就收拾得他服服帖帖的。

副局长曹江的办公室还和以前一样，桌上的茶叶罐还是以前的那个，我知道里面装的是今年的新茶，我也看出来了，今天的茶没我的份儿。孙国庆和曹局面前各放了一杯茶，看见我进来了，两人眼皮都没抬一下，直勾勾地盯着眼前的茶杯，两人脸色都不大好看。我的脸色也应该不大好看，孙国庆是我们民警最不愿意见到的人，他是局里纪检办的，对于我们来说，他一出现就意味着麻烦。

我的麻烦来自老肖，我被老肖揭发检举了。

老肖详细列举了我在这次排查过程中的若干不正常行为，比如反常的积极，尤其是针对北钢家属区积极得让人匪夷所思，楼上楼下地跑，逐户逐人地核对，该问的不该问的都问个遍。特别是在家属区一些单元的门洞，老肖发现了一些特别的符号，凡是出现这些符号的楼洞，我对住户的核查就尤其积极。

出于一个警察的本能，他觉得这一切不可能是巧合。

还有就是老肖发现我一到下午四五点钟的时候，就往北钢家属区门口张望，果不其然，他发现有几次差不多这个时间，都会出现一个女孩，身材高挑，小腿细长，穿过小广场，最后进了3号楼，3号楼的楼门口就有那个符号。

出于一个警察的本能，他觉得这里面的问题大了去了。

老肖还提醒纪检办注意，我平时也开车，是一辆拉达，和肇事车辆一样，也是黑色的。这个王八蛋建议他们检查我的保险杠。

孙国庆还没说完，我的汗就下来了。曹副局长不说话，眯缝着眼睛盯着我，一口一口地抽烟，看着比孙国庆还瘆人。我一时语塞，不知道从何说起。

看我默不作声，曹副局长开口问我："那些符号是你画的吧，说说吧，你的目的是什么？"

我说："标注了符号的地方，都住着一些我想回访的人。我为什么要回访他们呢，是因为我觉得他们有故事，适合放进我的素材里。我为什么收集这些素材呢，因为我想写一个长篇小说。我这么说，你们信吗？"

他俩说："不信。"

我说：“我也不信。"

我说：“那我说我发现了线索，行吗？"

9

老肖对一起下棋的王志说：“小陆找你，让你去找他一趟。"王志问：“他找我啥事儿啊？"老肖说："不知道，估计他是不服气，还想和你再下两盘。"

在公安局走廊里，王志又遇到老肖，他问："小陆在哪儿啊？"老肖告诉他："你上三楼，往左拐，走到底，走廊最里边的一个屋，他在那儿修理椅子呢。"

王志问："你们到底是什么科，怎么还干修理椅子的活儿呢？"

我回答他说："我们宣传科活儿不多，其他科看我们来气，总指使我们干这干那的。我们科长好说话，啥都答应，这不，椅子坏了，都让我们修。你看这椅子，人一坐上去都嘎吱嘎吱响了……就差几个螺丝了，等我拧好了，咱俩再杀两盘。"

审讯室很黑,整个房间只有椅子上方一盏灯开着,别看只有一盏灯,特别亮,怎么也得二百瓦。平时审讯犯人的时候,这盏灯能起到很大的威慑作用。

王志站在门口,背对着走廊的光,只能看见一个模糊的人形轮廓。虽然看不清脸上的表情,可说话还是那么客气,"你忙,你忙,不着急,啥时候下都行。要搭把手吗?"

我说:"你还真得帮我一下,这几个螺丝不好弄,你从那面帮我整整。"

王志干活挺利索,几下就弄好了。我晃了晃铁椅子,问他:"真整好了吗?"他说:"应该没事了,我上了好几扣,死死的了。"我说:"我怎么觉得还晃呢,你替我坐上试试。"看他坐好了,我把桌面手铐和卡式脚铐都给他铐上了。王志一挣扎,发出咣啷咣啷的声音。

王志有点慌,"小陆,陆同志,你不是要下棋吗,这咋下啊?"

我也犯愁,"是啊,这样下不了,你等会儿啊,钥匙在刑警队那帮人手里，我让他们送过来。趁这工夫，闲着也是闲着，咱俩先唠唠呗。"

王志脸色白得不正常，额头见汗，明显心虚了，这让我心里多少有点底。

我忽悠他："你看看你，一看就不是一般人。"

王志说："我就一收破烂的，咋不一般啊？"

我说他："你看你拿扳子那架势和我就不一样，螺丝也拧得好，跟个八级钳工似的。"

王志说："你要是收几年破烂，你也得跟个八级钳工似的。收上来的那些破烂，哪个不都得收拾，要不，人家也不收啊。"

我装不懂，问他："你们收上来的破烂，还有收破烂的收？"

王志说："得收啊，我们就指着这挣钱呢。"

看他有点放松，我抽冷子问他："5号那天，你几点从刘半仙家走的？"

他回答说："十点多散的吧，没看表。我那天收了一车货，去得晚，开始得也晚。学习完了，大伙儿就散了。"

我说他："我就问你几点走的，你解释那么多干什么。从刘半仙家出来你去哪儿了？"

他说："回家啊，睡觉。都说年纪大了，觉轻，我这几年是觉越来越重，到点儿就得睡，要不脑袋发胀，昏昏沉沉的。你说我是不是有点血稠？"

我问："你回家从哪儿走的？"

他说："就从二副食，化工厂，一直到老江桥，下来就到了。"

我问："谁能给你做证？"

王志有点生气，气哼哼地回答："没人。"可能是觉得这么跟警察说话不妥，紧接着又说："回个家，就那么一节骨道儿，还找人做证，那人心里得有啥大病才这样啊。"

我问他："那你都什么时候找人做证啊？"他愣住了。

我再次转移话题，问他："你们在刘半仙家都学习什么啊？"

他说："这个不能说。"

我说他："跟我还有什么不能说的，下了那么多盘棋，谁什么水平都知根知底了。"

他说："要说也行，可现在不能说。"

我问："那得什么时候能说？"

他说："得一个多月后。"

我问："为什么呢？"

他说："一个多月后，人类就毁灭了。"

10

老肖对检举我的事，有点不好意思。我现在说什么，他都不大反对，可我让他去搜搜王志家，他还是露出了犹豫，磨磨叽叽说没办手续，这么整不合法啊，再说他还有肺气肿。我说曹局都支持我，要不我敢在没有证据的情况下，就把王志弄公安局来吗？他不说话了，转身就走。

老肖说："王志不愧是收破烂的，家里基本就是一个破烂堆，都下不去脚，翻了个底朝天，也就这本书和房间整体气质不符。"

他从王志家里搜到的是一本《诸世纪》，挺厚一本书，应该是经常看，都翻毛边了。我翻了翻，大概意思是说，1999年，恐怖大王从天而降，太阳将会停止天天运转。换句话就是说，2000年，是世界末日。整本书基本都在举例说明这位作者的预言有多牛逼，就像王志说的那样，在几百年前，这个叫诺查·丹马斯的人就准确预知了普罗旺斯地区发生大洪水、法国大革命、希特勒出现等等。

关于2000年后世界毁灭这一论断，书里也列举了一些证据。比如说在大西洋西部边缘会出现一条怪鱼，能发出小孩一样的哭声。某一个时刻，西北方向的天空会同时出现两个太阳等等。王志说，这些都被各地教友验证了，都是亲眼所见，世界真的还有一个多月就毁灭了。趁着世界还是囫囵个的时候，人得多做善事，多反省自己的罪恶，只有干净的人，才能在下一个世纪里获得重生。

我问王志："真的还有一个多月了？"他面色凝重地点了点头。

我说:"那你觉得我在这一个月里还能干点什么?"

他说:"你得深刻反省。"

我说:"我反省。5号晚上,我开车撞了人。"

王志说:"你这也不深刻啊,深刻咋还带撒谎的呢?"

我问他:"你怎么说我撒谎呢?"

他说:"那天撞人的不是你啊。"

孙国庆对曹局默许我把王志弄过来审问,感到不可思议。作为一个刻板的老纪检人,他无法理解一线干警那种神秘莫测的直觉,有时候,只需要对上眼神,就知道你有事没事。至于能不能找到你有事没事的证据,那就各凭本事了。好吧,就算孙国庆理解了一线干警的这种直觉,他也无法理解一线干警的直觉怎么就等同于一个宣传科文员文学上的直觉了。

他懂不懂不重要,曹局懂就行。但曹局也加了小心,叮嘱我:"只能给你半天时间,记住,你是找王志聊聊天,不是审问。弄出格,我饶不了你。"

在北钢家属区那个小广场第一眼看到王志的时候,我就觉得这个人身上有事，但是我无论如何也没想到他和"11·5"撞人案件有关。听他这么说，我心里掀起一阵惊涛骇浪，心脏差点从嘴里蹦出来，可脸上一点儿都没表现出异样。

我说王志："你看错了，就是我，我那天开了一辆黑色的轿车，把王瘸子撞了个四仰八叉。"

王志说："可得了吧，这事儿你蒙不了我。"

我说："为什么呢？"

王志说："因为事发时我在现场。"看我露出不信的样子，他有点着急，"我就是你们要找的那个做好事不留名的热心市民。"

11

王志说，他从刘半仙家出来后，抄了半截近道，可还是没能憋到家，人有三急啊，就在铁路招待所的墙根那儿尿尿。他肾不好，年轻时候落下的病，尿憋得难受，真尿的时候，还一时半会儿尿不出来。刚尿出来一点，就听见背后咣当一声，一辆轿车和一个骑车的撞上了。

开车的那人下来，先察看自己的车，又看看那辆轱辘朝天的自行车，踢了骑车的一脚，好像是骂他怎么不长眼睛，那么亮的车灯，还往上撞，是不是成心的。躺在地上那位还没等起来，挨了一脚，就势趴下。躺在地上嚷嚷，开个破车，你牛逼啥，有能耐你撞死我，撞不死我，你这辈子就摊上事儿了，车赔上了，你都赔不起。

王志说："开车那位听他这么说，也躺地上了，嚷嚷说，你撞死我得了。"

我和王志确认，"就是说你看见一辆自行车和一辆轿车发生了碰撞，骑车的和开车的最后都躺地上了，都说你撞死我得了？"

王志说："我劝他俩，都啥事没有，赶紧起来得了，这天寒地冻的，别没撞坏，倒冻坏了，哪多哪少。"在王志的劝说下，开车的答应带骑车的去医院看看，医院说有事就有事，医院说没事就没事，都别耍臭无赖。

跟踪关海舟的那组人汇报说，1999年11月5号二十二点十四分的时候，关海舟开的黑色桑塔纳在富江路上撞到了王瘸子的倒骑驴，只是小摩擦，双方都没什么事。王瘸子下车，察看了一圈，确定车圈没瓢，还能骑，就不打算追究。上车的时候，顺嘴骂了一句，有钱牛逼啥，开个破车，早晚得让人撞死。开车的听见了，不让份儿，两人吵吵了几句，都没啥事，就各回各家了。

直到现在我才明白，5号那天，在安城，起码发生了两起交通事故。一个是王志说的那个在医院里简单检查了一下，就各回各家的那一起。一个是关海舟说的那个连医院都没去，只是吵吵了两句那一起。刑警队找到王志说的当事人和医院当天的值班医生，坐实了他的说法。

一周前，刑警队排查肇事逃逸者，我们宣传科寻找做好事不留名的热心市民，原本以为是一件事，现在成了两件事了。

负责调查关海舟的那个小组负责人说："在安城，这样的小剐小碰一天能有个十起八起的，现在开车的人觉得自己是大爷，不管不顾，速度快，启停还猛，看着就危险。骑车的走道的也都没有看红绿灯的习惯，自己想咋走咋走，觉得你还能撞我是咋的，你要是真牛逼，你就撞我，撞了我以后，我还不用干活儿了，你得有吃有喝地供着我，你以后就多了个爹。"

这次摸排第一眼看见王志，我就觉得发现了个宝贝，我肯定他身上有情况，没想到不但没情况，还是一个热心市民。现在看啊，文学上的直觉和一线民警的直觉，还真就不是一回事儿。

我问："可是王瘸子身上的刀伤是怎么来的？"我说出这句话后，就像碰到了一个开关，大家都不说话了，有两个人甚至低下头，两丝不易察觉的笑，弯月一样斜挂在嘴角。

我和老肖互相看了看，我们在对方脸上都认出了蒙这个字。我有点纳闷，可并没有放弃，继续说："我们的调查方向应该多往查找凶器上用劲儿，根据伤口的形状，大致可以推断出是什么凶器，国家对管制刀具严格管理这么多年了，一方面我们自己的经验已经很丰富了，一方面群众对这类刀具也已经很警觉了，从这一点入手，我们应该可以有所收获。"

一阵漫长的尴尬和可怕的安静之后,耿斌从牙缝里挤出了几个字,"不是刀伤,是枪伤。"

12

王瘸子的枪伤很重,伤口周围有灼烧的状况,应该是近距离开枪导致。但不是贯穿伤,说明枪的质量低劣,应该是自制的。医生从伤口周围起出不少沙粒子,说明弹药也应该是土制的。

耿斌看着这份验伤报告手有点哆嗦,虽然纸张都是新的,可看着上面的每一个字都眼熟。王瘸子的伤口和十几年前武百万伤害致死案中的枪伤非常接近。也就是说,当年杀死武百万的那把枪极有可能再次出现在安城,并再次被某个人扣动了扳机,实现了发射。

那个人是谁?两次开枪的是不是同一个人?

涉枪是重案,市里第一时间成立了专案组,省里也派出技术专家驻组。在党校学习的关局几次打电话关心案件进展，要求我公安干警发挥特别能吃苦、特别能战斗的优良作风，必须在最短的时间内将犯罪嫌疑人绳之以法，给党和国家，给安城人民一个交代。

安城干警都憋了一口气，犯罪分子太嚣张了，简直是公开和警察叫号，这案子要是破不了，警察这身衣裳都白穿了，安城真得改名了。

外松内紧、并案侦查是曹副局长制定的原则。无论是肇事逃逸者还是那位做好事不留名的热心市民，他们都有另一个身份，就是现场目击者，找到他们是案件侦破的重中之重。

放关海舟只是一个缓兵之计，在刑警队那帮人眼里，他可不仅仅是肇事司机那么简单，但他们必须让他觉得他只是一个肇事司机那么简单。他们需要关海舟放松警惕，人只有在放松警惕的情况下才能露出破绽。

跟踪关海舟的两个小组二十四小时跟防，一点儿都不敢松懈，可关海舟也一点儿都没露出破绽，除了偶尔和关亚玲出去下一顿馆子，这小子整天待在家里不是看电视就是睡觉。对了，这两天，关海舟还和他妈吵了一架，那是晚饭时间，他不让关亚玲出去，关亚玲非得出去。争吵得不激烈，都是小事儿，价值不大。

自从出了突审王志无果那事儿之后，"11·5"小组基本不管我和老肖了。我们和他们中间好像竖起了一层透明的挡板，我俩来了也跟没来一样，其他人忙得团团转，我俩闲得要死要活，看样子他们是对我俩彻底绝望了。

我去找队长耿斌说："要不，我们写一个长篇报道，把王志就当成'11·5'案件里做好事的市民，发在省报上，在舆论上发酵发酵，施加点压力，凶手一慌，就容易露出马脚。我觉得关海舟那孩子油水不大了，我们应该趁机把侦查范围扩大出去。我还是觉得王志身上有事。"

看耿斌不想搭茬儿，我提醒他，"那帮晒太阳的老太太说，王志原来有媳妇，好像叫什么雪娥。不知道哪天，她们发现女人没了，就剩下王志一个人了。王志说媳妇跟人跑了，老太太到现在还纳闷，媳妇跟人跑了还跟个没事人似的，除非跑的是别人的媳妇。你说，王志这个人身上有没有故事？"

耿斌像看傻子那样看了我半天，最后叹了口气说："他们说得对，你真是我们大家伙儿的活爹。"

耿斌告诉我，我在排查的时候觉得王志有问题，要审讯王志，这事儿不但和"11·5"案件没关系，而且理由近乎胡闹，"就是你觉得有问题而已，你觉得，我觉得的事儿多了，挨个儿核对谁觉得出来的问题，那公安局成了啥了？但既然曹副局长说了，要把任何一丝线索都当成重大线索去对待，那就破破例，让你和王志面对面整一下呗。也算你走运，说真的，多少侦查员都没你这个运气，王志还真和'11·5'有点关系。但我警告你，到此为止，去干你们宣传科的事儿，别掺和刑警队的活儿，这不是你掺和得了的。破案不能靠运气。再说了你运气得多大，总能在点儿上？"

看我低头不语，耿斌大概也有点不忍心，他咬牙切齿地问我："关海舟姓什么？"

我回答："关啊。"

他又问："他妈姓什么？"

我说:"关啊,这不是明摆着的嘛。"

他又问:"按照中国人随父亲姓的惯例,是不是他爸也姓关?"

我说:"他爸不姓关吗?"

耿斌回答:"他爸姓武。"

关海舟的爸爸就是十几年前在安城被当街枪杀的那个武百万,关海舟就是当年枪案现场那个六岁的孩子。他们跟踪关海舟是怀疑他,也是在保护他。他们跟踪关海舟,其实也是在跟踪他妈关亚玲。

老肖说我:"人家防着咱们你没看出来,核心机密一点儿都不让咱俩知道。你就老老实实待着,让你干啥你就干啥得了。帮不上什么忙,还自作聪明,净给人家添乱。你这也算是烧高香了,人家王志没告你,要是告你,一告一个准儿,你凭什么抓人家啊。真是小白脸儿,坏心眼儿,看你平时文质彬彬的,其实一肚子坏水,怪不得都说你心狠手黑。"

13

孙国庆把我叫到办公室,原来是王志把我给告了。

我心里一沉,最近这两年民警被告的情况比以前多多了,像我这种宣传口的还好,犯的基本都是卡夹式错误。卡夹的还都是小钱,顶多背一个处分,一线民警还有进监狱的。

孙国庆说我:"你很有可能开创安城民警的一个新纪录,一个宣传口的犯了刑事口才有资格犯的事儿。"根据《刑法》第二百四十五条规定,非法搜查他人身体、住宅,或者非法侵入他人住宅的,处三年以下有期徒刑或者拘役。司法工作人员滥用职权,犯前款罪的,从重处罚。

孙国庆告诉我,你可能得被开除出公安队伍。

一阵绝望淹没了我,虽然我不止一次地跟别人说我喜欢文学,不止一回地发誓,得写一个长篇小说,拿一两个诺贝尔文学奖回来,床头柜上放一个,办公桌上放一个。为此,我也不止一次地去做田野调查,一个素材本都快记满了。可到这个时候我才发现,我最喜欢的工作还是警察。要是现在让我选的话，我会选警察，不会选文学。

我垂死挣扎，问孙国庆："王志告我什么了？"

孙国庆说："他告你上班时间不好好做自己的工作，去修理椅子。"

我松了一口气问："这属于什么性质？"

孙国庆想了想说："脱岗吧。"

我说："这下严重了。"

他说："嗯。"

我跟曹局请假，我说想出去散散心。他不同意。我说："我得出去转转，我发现有点管不住自己了，总想去审讯室修理椅子。"

他说："滚吧。"

他也怕我再修椅子去。

14

伊春是典型的八山半水半草一分田的地貌特征，地势西北高、东南低，南部地势较陡，中部较缓，北部较平坦，海拔高度平均六百米。在课本上出现过的小兴安岭就位于伊春。伊春最有名的就是森林资源，落叶松、榆树、白桦、椴树、臭冷杉、柞树，动不动就是几十上百年。树干粗得几个人都抱不过来。据说当地人吃饭的桌子都是整个的，一棵树伐倒了，砍头去尾，锯成几段，就是几张桌子。

前几年伊春也和很多林场一样砍伐过猛，今年林业部门开始封山育林，一般人不让进山了。我在这边儿有熟人，不但能进山，还进到了小兴安岭的深处。小兴安岭深处都是原始森林，很多树木都叫不上名字，越往里走树木越茂密，真的是遮天蔽日，抬头都看不见阳光。地上的落叶一尺来深，一脚踩上去，像冬天的积雪一样，吞没了小腿。

在伊春吃的都是山货，好多吃的我连听都没有听说过，吃法也特别，各种形状的蕨类植物，各种颜色的蘑菇，用水焯一下，蘸着酱吃，味道鲜美。有时候也用说不出名字的青菜炒狍子肉、鹿肉，吃一口，满嘴留香。听说我喜欢吃野鸡，那个熟人还特意带我去了南岔区，和一个专门打野鸡的老张头出去打了一天的猎。晚上鸡腿蘑炖野鸡，一起喝的酒。老张头能喝，六十多度的烧刀子，三两的酒壶，一人一壶，用热水烫上，倒进盅里，一口一盅，不一会儿，一壶就见底儿了。

最后也不知道喝了多少壶，反正是把我俩喝得人事不省，最后记得是趴在了炕头上，其他的都不记得了。

醒来的时候，已经是第二天中午了。嘴干，但头不疼，到底是酒好，纯粮食的。

老张头留我们再待一天，晚上喝他家里自酿的酒，泡了好几年虎骨，今晚开封。别的不敢保证，保证好喝。我本来也想再多待两天，可曹局在电话里都开始骂人了，我只能就此别过。大伊春，老子会回来的。

15

"11·5"案件获得重大进展，专案组找到了作案工具。让一众干警震惊的是，最终摆到专案组桌上的枪不是一把，而是两把。

找到一把枪，预示着取得了阶段性胜利，甚至可以说案件进入最后阶段了。现在一下子出现两把枪，则说明干警们最不愿意看到的更复杂、更棘手、更不可控的局面出现了。

两把枪样子差不多，都类似于左轮。之所以说是类似，是因为枪的构造原理来自左轮，但一看手工就是民间干的私活儿。东北是重工业地区，稍微往前追几年，很多厂子原来都是军工企业，虽说是现在军转民，原本制造坦克的厂子现在成了车辆厂，生产炮弹的工厂变成重型机械厂，可很多老工人的技术还在。哥几个分工合作车出一把枪这事儿，以前也不是没有。前几年严打，收缴了不少民间枪支，但保不齐还有漏网之鱼啊。

安城民间到底还藏着多少私枪？看着桌上这两把枪，曹局的汗都下来了。

16

找到枪这事儿,还得感谢关海舟。

前天晚上,关海舟娘俩去老六杀猪菜吃饭,没吃几口又吵吵起来。关亚玲一把没拽住,关海舟就冲进后厨,关亚玲也跟着冲了进去。

负责跟踪他们的第二小组看见,先是关亚玲一步步倒退着出来,再就是老六杀猪菜的老板老六也一步步倒退着出来,再然后就是关海舟。饭馆里的人一脸坏笑地看着关亚玲出来,又一副看热闹不嫌事儿大的架势看着老六出来,等看到关海舟出来,像一块石头扔进了鸟群一样一哄而散。撞翻了好几张桌椅,踩碎了好多碗碟,酸菜氽白肉的酒精炉子满地滚,差点没把饭馆点着。

关海舟手里举着一把枪。

原来,老六杀猪菜的老板,就是几年前被关亚玲开除的那个汽修厂的大工,两人是这两年好上的。关亚玲觉得这么多年了,一直顾虑着孩子,没把自己当过人,更别说是当女人了。现在孩子大了也该为自己考虑考虑了。她没有料到儿子的态度这么激烈，说你要是和他在一起，要么是我死，要么是他死。

关亚玲越想越生气，武百万活着的时候就不是人，仗着挣俩破钱对工人张嘴就骂抬手就打。没钱的时候，挺老实一个人，有点钱后，怎么就变得不是人了。整天在外边大姑娘小媳妇地胡扯，一个月也就能回来三五天，回家对自己媳妇非打即骂，还一脚踹掉了老丈人的门牙。老天爷开眼，武百万死了，关亚玲以为好日子来了，没想到好容易把病恹恹的儿子拉扯大，可脾气越来越像他那个死爹。我关亚玲造了什么孽，哪辈子欠了你老武家的了，给孩子改了姓，也改不了老武家的根儿。

关海舟吓唬老六的那把枪是假的，大伙虚惊一场，可干警们都觉得关亚玲害怕的样子太真了。

关亚玲家面积大，一看这几年开汽修厂就没少挣钱，楼上楼下两层，安城人管这样的复式叫楼中楼。装修的也高级，软包，去过的人说想自杀撞墙都撞不死，一看就是有钱人家。可是和一般有钱人家不一样的是,她家的东西太多了,堆得到处都是,连沙发边都码放着成盒成盒的茶叶,厨房里一整面壁橱装的全都是好酒,像仓库一样。

关海舟的卧室跟任何一个高中孩子的卧室也差别不大,书柜里有书,无非是课本还有一些文学名著,床头有一个掌上游戏机。和一般他这个年龄的男孩不一样的是,关海舟的卧室整洁、干净,甚至可以说是一丝不苟,像女孩的卧室。

干警们在老关家没搜到枪,倒在关海舟枕头底下搜出了一本《诸世纪》,这是和关海舟卧室气质唯一不符合的东西。

17

迄今为止,安城出现了两本《诸世纪》,在关海舟卧室里发现的这本,还挺新的,基本没怎么翻过。在王志家发现的那本,纸都翻薄了,王志解释说是在刘半仙家每天学习学的。

两本《诸世纪》都出现在不应该出现的场合,两本书所牵连的人会存在不应该存在的关系吗?

经常去刘半仙家学习的有十三个人,干什么的都有,有关亚玲这种老板,有小学老师,也有道边站大岗刷大白的。十三个人跟一个人似的,说话都一套一套的,动不动就天地玄黄,蒹葭苍苍,给你一顿背诵,弄得耿斌脑袋都大了好几号。

这帮人都坚信2000年是世界末日,人类还有一个多月时间的活头了,心里塞满了绝望。同时他们也坚信通过学习和反省,多做善事,可以获得重生的机会,心里又被希望填满。这是一群同时被绝望和希望捆绑了的人,虔诚是他们所能做出的最后的挣扎。

干警们想知道,他们十三个人是怎么跟一个人似的,那一个人到底是哪个人。

出乎大家的预料,刘半仙不是这伙人的头,关亚玲也不是,他们的头竟然是王志。

在这些人里,王志威信颇高。其他人要么是老板,时间自由,要么在事业单位上班,时间相对固定。王志连个体户都算不上,他收破烂,有时候早,有时候晚,没个准儿。经常是其他人都到了,沏好茶水,默默地等他。他到了,饱饱地喝一壶好茶,出一身透汗,活动才开始。

活动的主要内容就是王志带着大家学习《诸世纪》,每次读两页,再对这两页内容进行分析解释,然后一起闭上眼睛反省自己犯下的罪孽。一本书反复读了好几遍,各自的罪孽也反复反省了好几遍。

他们管王志叫教主,把《诸世纪》当成了《圣经》。

王志是收破烂的,家里也跟个垃圾堆似的,搜查起来特别不容易,刑警队在他家忙活了一小天,搜出了这两把枪。

下岗前,王志在厂子里真的是一个八级钳工。那些年,国家对枪支的管理没有现在这么严格,东北人家里一般都有洋铳。早前吓唬胡子,后来打猎,一般都是打钢珠的,一打一大片,杀伤力不大,但威力惊人。真正有枪的人家很少,但王志有。身为一个八级钳工,王志车出过一把枪,还用那把枪打过野鸡。野鸡没打着,枪随手扔在家里,时间一长,就忘了。

王志承认，5号晚上他遇见的其实是两起车祸，除了他和我们说的那起，他也遇见了关海舟和王瘸子那起。王瘸子欺负关海舟是一个孩子，长得又瘦瘦弱弱的，就耍臭无赖，躺地上讹钱。王志让关海舟先走，他觉得王瘸子能卖自己这个面子，平时都是收破烂的，也算是认识，再加上撞得轻，没什么事，就别跟一个孩子较劲了。没想到王瘸子不依不饶，看他让关海舟走了，就起来和王志撕巴，枪走火了。

王志说："枪是自己走的火，是枪都看不下去一个大老爷们欺负一个孩子。我承认枪是我的，我没有管理好它。那我犯的什么法？我认还不行嘛。"

王志说的是事情的后半段，前半段是关海舟讲的，说的和那天差不多。无非是碰着了一个倒骑驴，吵吵两句，有人过来拉架，让他走，他就走了。后来发生了什么，他一点儿也不知道。

至于他吓唬老六的是一把玩具枪，虽然过了十八岁生日，算是大人了，可大人玩玩具，不犯法吧？

18

老肖给我打了好几个电话了,就连曹局也给我打了一个,问我到哪儿了。我也着急啊,可这辆破拉达一到关键时刻就掉链子,油门踩到底了,速度也上不去。给油快了,还灭火。天这么冷,我出了一头的汗。

301是安城分局最大的一间会议室,能容纳小一百人。能在这个会议室开会讨论的都是重大案件,一般都有分局领导参加,甚至出任重大行动总指挥,直接作战略部署。现在三楼这个最大的会议室里坐满了人,只有中间一个位置是空的,平时都是刑警队那几个骨干坐,好作专门汇报。这次像是故意给我留的,我犹豫了一下,还是坐了过去。

曹局冲我点点头,示意我可以开始了。

我说,张雪娥是十六年前离开伊春的,刚离开的前两年,过年还回去,可也待不了几天,急三火四的,过了初三就张罗走,现在十多年没回去过了。张雪娥她妈是两年前没的,不知道得了什么病,老太太死之前眼睛瞎了。她爸还活着，还挺硬实，偶尔还出去打野鸡。老张头对这个姑娘只字不提，也就是喝多了才骂几句。看得出来，还是想。

左右邻居说什么的都有，有的说张雪娥在广东，嫁给了一个大款，忘了父母了。有的说她没走远，还在黑龙江，过得不咋地，没脸回来。一个老太太说，张雪娥早就死了，那孩子面相不好，寡妇脸，不是克别人就是克自己。可以肯定的是，张雪娥根本不像王志说的那样，跟一个有钱人跑了。确切地说，张雪娥应该是失踪，时间就是他俩处对象那阵儿。

在北钢家属区楼下，王志知道我是警察之后，眼神里明显露出了一个躲闪的动作，他很快就意识到这个躲闪动作不妥，又在最短的时间里，送给我一个欢迎的眼神。这一切发生得太快了，快到我用语言去形容都觉得慢了的地步。如果用文学的方式去表现，这一个眼神就能写出一个章节。我不是文学家，我是警察，我只能用警察的方式去了解这里面的内容。

那次突击审问失败，不但没能打击到我，反倒坚定了我的直觉，这个人一定是用他强大的意志和惊人的忍耐力在掩盖什么。他竭力要掩盖的东西，一定严重到了值得他花这么大的精力去掩盖的地步。

老肖从王志卧室翻出来的那本《诸世纪》，都成了毛边的了，纸都翻薄了，一定是没事就翻看。我在书页里面发现了一张小小的仕女图，就是小学女生经常用铅笔画的，用蜡笔上过色的那种画，挺用心的。至于质量，也就是只能用挺用心去评价的水准。这幅画的时间应该不短了，蜡笔的彩色都掉色了，铅笔的部分也模糊了，应该比张雪娥失踪的时间还长。

这次伊春之行有遗憾，因为张雪娥的父亲没有认出这幅画，我无法从他嘴里直接确认这幅画就是张雪娥画的。可也有收获，老张头说张雪娥小时候就愿意画这些，那时候家里没钱，买不起蜡笔，她还闹过，被她妈打过两下屁股，那是他姑娘唯一一次挨打。嘴上说不知道，可老张头举着画，看了半天。

如果说，我之前对王志的怀疑，只是我在排查过程中激起的一个直觉的话，那么这个蜡笔画的出现则验证了那个直觉。一个男人在他反复观看的书里，会放一个跟别人私奔的前女友的东西吗？

刘半仙那帮人说《诸世纪》能让人反省自己的罪孽，那这幅画里一定藏着王志的罪孽。

我对大家说，这次去伊春还有一个意外的收获，我在老张家发现了一张照片，老张头说照片里的人是姑娘和她对象。我从文件包里掏出照片递给曹局，他看了一眼，没什么表情，递给耿斌。耿斌看了一眼，也没什么表情，递给了边上一中队的老万。老万看了一眼，不相信似的，又看了一眼，惊呼，"这不是武百万嘛。"

19

武百万还不是武百万的时候，住在距离安城二百多公里的南岔林场，十几岁那年因为打架斗殴进了少年管教所，在里面待了不到两年。刚改革开放的时候，最先富起来的一部分人，都是他这样没什么正经工作的。像王志这样的八级钳工是厂子里的红人，厂长见了都先递烟后说话，谁会放着好好的工作不干去倒腾买卖啊？也就是改革开放了，要不然他们这种行为属于投机倒把，是犯罪，得进监狱。

王志他们做梦也没想到有下岗的那一天，也没有想到国家正式工人还有给武百万这些社会闲散人员打工这一天。

武百万和王志从小就认识，确切地说，两家是邻居。武百万四岁那年，他爸带着一家人从山东来到东北，就住在王志家边上。老武家初来乍到，没少受到老王家的照顾，王志他爸还从狼群里救过武百万他爸的命，有救命之恩。

因为两家大人的关系，武百万和王志小时候一起玩过一阵子。两人从小脾气就不一样，武百万鬼道，王志憨厚，两人在一起，武百万总欺负王志，王志任他欺负，毫无怨言。武百万进少管所那年，王志考上了一个职业中专，俩人差不多同一时间都离开了林场。

直到王志下岗，找活儿找到武百万这里，才知道两人都先后来到安城。少年朋友再见面时已经物是人非，一个从八级钳工变成了打工仔，一个由二流子变成了大老板。

我拿话刺激王志："你们说的那个恐怖大王不是7月14号就降临了吗，这都11月份了，怎么还没走到东北呢，车误道上了？"

王志说："你这么说话，恐怖大王早晚打你大嘴巴子。"

我只好虚心请教："那我这种行为，在你们那个说法里，属于什么罪孽呢？"

王志说："无知，冒犯，得下油锅。"

我问："那隐瞒欺骗呢？"

王志说："沸水淋头。"

我又激他："就你干的那些事儿，凭你这小体格子，能扛住几回沸水淋头，得下几回油锅？"

王志露出独属于胜利者的笑容，"我原本是万劫不复，通过这么长时间的反省，我马上就要实现救赎了。世界末日了，我怎么也得给自己争取一个重生的名额。"

老万不耐烦再听我俩胡扯，敲了敲桌子，严厉喝止："王志，端正你的态度，别嬉皮笑脸的。我们既然找你来了，就是手里有硬东西了。放你走一次，不是让你白走的。你打算先从哪里说,从张雪娥开始,还是从武百万开始,还是王瘸子,还是那两把枪?"

都说武百万有钱之后变得驴行八道,只有王志知道,他从小就这样。看着硬实,其实贼弱,一惹祸,就往身后躲,好几次都是王志替他出面跟人赔礼道歉。武百万嘴好,每次完事儿,都跟王志说上一大堆好话,让王志好一阵儿迷糊,觉得挺有成就感的。

也许是年纪一大,人就贼了,王志这回没迷糊。当武百万说把张雪娥介绍给王志的时候,他就觉得哪儿不对劲。武百万介绍说张雪娥是练体操的,得过全省散打冠军。张雪娥身材确实好,长得也不错,脸白,加上年轻,穿得也好。王志一看就知道,这不是他这种离了婚的下岗工人能守得住的女人。可是还像小时候那样,武百万天花乱坠地说完,王志什么都没说。

王志说,张雪娥是一个虚荣的女人,但不笨,当她发现肯定挽不回武百万的时候,第一时间打量了身边的王志,虽然王志又穷又面,可是一个过日子的人,对她不打不骂,说话轻声细语。武百万对她也这么好过，现在把她当垃圾一样硬丢给了王志。

王志自己也说不清楚，是从什么时候开始不把张雪娥当成武百万的女人的，两个人不咸不淡地处着处着就搭伙过起了日子。王志说，人活一天就是熬一天日子，两个人总比一个人好过些。

再说了，自己是一个离过婚的人，张雪娥起码没有结过婚，扯来扯去，还是张雪娥吃亏一点。日子像砂轮一样，早晚会把一切疙疙瘩瘩的都打磨平整了，搭伙时间长了，王志就想不起张雪娥和武百万好过一阵的事儿了。谁没有一点儿过去呢，眼睛长在脸上，又不是长在后脑勺上，过日子还是得往前看。

武百万好像也忘了过去这一段，打发了张雪娥之后，就和关亚玲结了婚。不到半年，就生下了一个男孩。王志听说，那孩子没足月，出生的时候跟个小耗子似的，先天不足，好在老武家有钱，调着法养，钱花老了。

有一天，王志发现张雪娥怀孕了，高兴得直蹦。王志喜欢孩子，离婚时对外说是因为下岗，家里没钱，两口子总打仗，其实主要是因为结婚好几年，老婆肚皮一直没动静。但张雪娥并没有给他继续高兴的机会，说得打掉这个孩子，看王志目瞪口呆的样子，又说，这也是你的老板武百万的意思。

原来，武百万结婚不久，和关亚玲热乎劲儿一过，又想起了张雪娥，他俩在性这方面挺合的。这几年，武百万生意兴隆，出手也比以前大方。张雪娥觉得谈恋爱还能挣钱，比上班强多了。经常是王志早晨起床去武百万汽修厂上班，武百万早上起床到王志家上班。

武百万这个人多少有点变态，做的时候，喜欢咬人。有两次王志发现张雪娥的胳膊青了，张雪娥搪塞说，干活儿撞到桌角了。武百万还不愿意戴套，这让张雪娥有些苦恼，在硬塞给王志之前，张雪娥就怀过武百万的孩子，这一次她也不知道这个孩子是王志的还是武百万的。关亚玲已经给武百万生了一个儿子，虽然都是关亚玲一手带着，武百万看着也闹心。武百万担心万一张雪娥肚子里这个孩子还是自己的，他不更闹心了嘛。

武百万对王志说:"你爸照顾过我家,又不是你照顾过我家。你是你爸吗?我感激你爸,不是感激你。记住,你是我的工人,我是你老板,是给你开工资的人。工人不听老板的,你想死吗?"

张雪娥对王志说:"拿啥养孩子啊,给他吃啥啊,拉屎给他吃啊?"

武百万对王志说:"这些工人里,我踢别人都穿大头鞋踢,踢你我都换上布鞋。我对你这么好,你还跟我起刺儿,真是人心隔肚皮。你这么做对得起谁,良心让狗吃了?"

张雪娥对王志说:"你想想,万一这个孩子不是你的,你心里不得疙疙瘩瘩的吗?你甘心养别人的孩子,我还不甘心呢。再说了,我又不是不能生,我给你生一个咱自己的孩子多好,到时候咱俩有个病有个灾的,也好伺候咱们。我这不都是为了你好嘛。"

关亚玲说:"孩子小的时候,身体不好,伺候孩子都忙不过来,哪有精神头去顾及老爷们去干啥。等孩子大了一点,能脱手了,才发觉孩子他爸整天不着家。问上哪儿,干什么去,每次他都没好气地说,去搞破鞋。我一直以为他故意气我,还骂他,有能耐你就去搞,别让人家老爷们撞见了给打死,我可不去给你收尸。谁能想到他说的是真的,他说去搞破鞋,真的就是去搞破鞋了。"

关海舟说:"那天,我妈不让我爸出去,把我塞车里了。那也没挡住我爸,他拉着我就走了,去了厂里,中午还给我买了一堆好吃的。晚上和他去下饭店,人挺多,都喝酒,我吃饱了,就在一边玩。我挺会玩俄罗斯方块,最厉害的一次干到七千多分。回家的路上,我爸还骂我,说再玩,眼睛就瞎了。快到百货大楼的时候出的事,我爸和一个车撞上了,我还不知道怎么回事,就从后座上飞出去,夹到了椅子中间,晕过去了。等我明白过来的时候,是我妈抱着我,我还以为到家了。我是坐警察的车回的家。"

20

王志说:"我发现后座上有一个孩子,迟疑了一下,觉得当人家孩子的面杀人家爹不大好。我一迟疑，武百万就认出我了，我就不好意思了，就象征性地开了两枪，吓唬吓唬他。"

我夸他："到底是八级钳工，你开枪也挺准。"

王志脸上露出一丝害羞，回复我说："前几年我也这么想，怎么那么准，一枪就干死他了，应该是干了好几年钳工的原因，手上有准儿。这两年我不这么想了，不是我准，是神灵准。武百万死是上天注定的，他这种人做坏事太多，还不懂得反省，神是借用我的手，为人间除去了一个祸害。他们那一拨发财的，有多少瘫巴的？有多少出车祸的？都是自己作的。神灵面前，众生平等。"

我问他："你那时候不是下班回家了吗？怎么跟过去的？"

王志说："可不是下班了嘛，到家的时候，张雪娥擀的面条，都快出锅了。我看没醋了，就出去买瓶醋。我吃饺子、吃面条都得加点醋，要不没味儿。要不怎么说神灵神灵的呢，赶上了。刚拐弯儿，就看见俩车撞一起，我过去看热闹，发现被撞那辆车是武百万，就顺手把他给干了。"

我问他："你买醋，怎么还带着枪呢？"

王志说："我是知道张雪娥做了流产手术之后，就一直带着枪，想找机会吓唬吓唬武百万。他自己儿子那么大了，他杀了我儿子。没想到机会要么不来，要么一来就给个大的，旁边正好没啥多余的人，捎带手的事儿。你说说，是我胆子大吗？都是天意。"

我问他："你把张雪娥埋哪儿了？"

王志说："不是我说你们，你们警察工作就是不到位，工作要是稍微做细致一点，在我住的厕所下边，再往下挖挖，还能挖出她的胯骨。那块骨头太大，化了好几天也化不掉。她屁股大。"

老万问他："你为什么杀她？"

王志闭上嘴不说话了，我看他是不愿意和老万说话，就问他："你已经杀了武百万，也算报仇了，为什么还杀张雪娥啊？"

王志说："因为她把面条都吃了，没给我留。"

我追问："就因为一碗面条，你就杀了一个人？"

王志说:"我杀的是张雪娥,又不是外人。"

听到这话,我有点喘不过气来,追问:"你这话什么意思?"

王志说:"杀了武百万后,我回家吃面条,发现张雪娥吃完了,没给我留,我就生气了。再看她撅着屁股在厨房洗碗那样儿,我更来气了。我挺喜欢她的大屁股,又圆又软,那天突然觉得这个屁股也让武百万摸过了,就觉得太恶心了,恶心得我连饭都不想吃了。不杀了她,我这辈子可能都吃不下饭。"

我问王志:"你也给了张雪娥一枪?"

王志说:"没有,我把她当面条给煮了。"

21

守护医院那组传来消息,王瘸子死了。伤口太复杂,又波及了内脏,胸口里乱七八糟的,和当年的武百万死因一样。

听到这个消息,绷在大家心里的那根弦,砰的一声断了。几组人沉默不语，一条重要的线索戛然而止，使得本就破烂的案情，变得愈加的脏乱差。会议室里安静得可怕，窗外的东北风，像饿急眼了的狼一样凄厉地嚎叫。

好在老万那组带回来点好消息，枪支鉴定结果出来了，从王志家里搜出来的那两把枪，其中一把不但在最近开过火，而且不止一次，膛线出现磨损。另一把从来没有使用过，锈蚀严重，弹簧都断了，跟烧火棍差不多了。

22

读书这件事，一方面得讲究天分，一方面也得看有没有兴趣。关海舟明显不如王志对世界末日理解得深刻，他把《诸世纪》当成了闲书，随手翻翻，就扔那儿了。王志则把《诸世纪》当成了《圣经》，背得滚瓜烂熟。

关海舟纠正我："我没把《诸世纪》当闲书，当闲书能塞在枕头底下吗？闲书都扔床底下。我把《诸世纪》当枕头，高度正合适，原来我睡眠不好，总做噩梦，这两天有《诸世纪》垫着脑袋，睡得挺踏实，一觉到天亮。"

王志纠正我："我没把《诸世纪》当《圣经》，你下棋的时候就瞎走，明明别着马腿呢，还跳马，这又跳到《圣经》那儿去了。你们不是在我家里找到枪了吗？你能看出来吧，我已经好长时间不用枪了，我现在用《诸世纪》，这玩意儿比枪好使。"

老万激王志，"吹牛不上税你就吹吧，你不是说安城就一本《诸世纪》吗？你不是用《诸世纪》把刘半仙他们收拾得立整的吗？怎么关海舟手里还有一本？我看他比你牛逼多了，他才是安城的教主。"

王志说："你们这些警察太容易自我陶醉了，你怎么就觉得我只能有一本《诸世纪》？你怎么就能肯定海舟那孩子的《诸世纪》不是我给的？"

关亚玲证实，关海舟上初中的时候，有几次被校内校外的孩子欺负，确实那些人被打了，打得还挺厉害，有一个孩子门牙都给打掉了，家长找上门理论，以为是她找人打的。她原来还以为是自己命好，老天爷都帮着照顾他们孤儿寡母,现在看来替海舟出头的那个人应该就是王志。

老肖和我感慨,人真是太奇怪了,像王志这种杀人不眨眼的恶徒,竟然在连杀了两个人之后,突然对被他杀死那人的儿子生出了怜悯之心,借着收破烂的机会,像一个侠客那样保护关海舟,而且这一保护就保护了十几年。

我问老肖:"你觉得王志为什么要把《诸世纪》送给关海舟?"

老肖说:"希望关海舟好呗,世界末日了,用他们那帮人的话说,让他也能重生。"

我问老万:"学习《诸世纪》那帮人有没有什么共同特征?"

老万说:"男女都有,穷富都有,年龄大小也都不一样……要说共同特征,大概是心里都有点让人睡不着觉的事儿,就连刘半仙都承认这些年没少靠算卦坑人。"

我问曹局:"王志是不是有点主动暴露的意思,这都是死罪,一问就都交代了,不正常啊。"

曹局说:"武百万人命案和张雪娥失踪案都是我市公安系统中的大案,侦破这类积案,固然值得庆祝,但就侦破过程来说，有运气的成分。别忘了我们成立的专案组叫'11·5'专案组，现在当事人王瘸子死了，这是人命案啊，还涉枪，我们必须得给安城人民一个交代。"

我问耿斌："耿队，关海舟得的什么病？"

23

这次搜查关海舟家动用了三十多名警力。出发前耿队画了一张图，把关家划出三十多个网格，每个人对应一个方格，要求是"往细里整，一张小纸片都不能放过"。三十多名民警在老关家搜查了八个多小时，最终带出来的真就是两张小纸片。

两张纸都很平常，一看就是从日记本上撕下来的，都有浅色的暗格，一个是蓝色的暗格，一个是红色的暗格。纸上的内容都差不多，画的好像都是一辆车，好像还有人，可看不大出画中的人在做什么。区别也有，第一张纸是铅笔画的，又用钢笔描过一遍。第二张直接用钢笔画的。

这两张纸都没什么特别的，特别的是两张纸的右下角都有日期，一个上面写的是1987年，一个上面写的是1999年。1987年后面的那个日期是武百万死后的第三天。1999年后面的那个日期是王瘸子案发后的第三天。

大家都很兴奋，这两个一点儿也不起眼的日期，才是纸片的关键信息，只有循着这两个日期往前回溯，才能明白纸片上画的车和小人几乎就是两起案件的现场还原。大家都很兴奋，把两张纸小心地装在证据袋里，封好。这么硬实的证据抓在手里，看关海舟还怎么抵赖。

让人失望的是，关海舟看到这两张纸的时候，脸上没有露出任何特别的表情，还像前两次那样两手交叉，偶尔用右手心搓一下左手背，眼神像风中的羽毛一样飘忽。关海舟长得瘦小，坐在审讯室的铁椅子上，显得愈加瘦小。十八岁了，仍然一脸青涩，在顶光的笼罩之下，脸色尤其苍白。怎么看都还是一个孩子。

老万问了他一大堆话，关海舟拒绝回答，低垂了眼皮，抿了嘴角，一耗就是七八个小时。

干警们第一次被一个十八岁的孩子给打击了，眼前这个嘴唇上刚刚泛出绒毛的孩子，显露出钢铁一般的意志，不吃不喝，也看不出什么情绪上的变化，就那么坐着，盯着水泥地面。审讯的干警换了三拨，关海舟仍然保持着刚坐下来的姿势。换班下来的老肖说，这哪是个孩子，简直是一个魔鬼。

在隔壁的审讯室里，审问王志的那个小组收获也不大。和关海舟沉默对抗不一样，王志把所有的事情都包揽了下来，几次叙述，细节都差不多。无非是他杀死武百万后，有一天突然心生愧疚，毕竟从小一起长大的，属于发小。就尽自己所能，把发小的孩子当成自己的孩子，能照顾就照顾一下。那天晚上碰巧看到关海舟被王瘸子欺负，就急眼了，一时失手，干死了王瘸子。

耿队跟王志说："你太没意思了，关海舟都撂了，你还在这抵抗，你是真把我们当傻子了，还是当成你的信徒了。你这么干，就不怕得不到那个重生的名额吗？"

王志说："这三条人命是我最大的罪孽，在世界末日之前我得了结了这些，只有真诚地反省了过去所有的罪孽，才能获得救赎，才能有明天。现在我敢说了，我获得了重生的资格，别看你是警察，你都没有。安城就我王志一个人能看到2000年的太阳。"

耿队问："那关亚玲呢？"

王志说："她也没有，她和老六搞破鞋就是搞破鞋，还编派说是爱情。她本来有资格，现在没了，她撒谎了。"

耿队说："那你帮海舟那孩子争取一个名额了吗？"

王志一脸凝重地说："帮他申请了，批不批就是神灵的意见了，该我做的，我都做到位了。"

突然之间，王志脸上闪露出一丝害羞，他问耿队："你说我现在是不是比武百万牛逼，他那时候仗着有两个破钱，看他不可一世那样儿，瞧不起这个，看不起那个。我现在也没他那么有钱，可那些有钱有权的，看见我都服服帖帖的，让干啥就干啥，谁都不敢在我面前支棱翅膀。武百万媳妇在我面前比在武百万面前还听话，他儿子跟我儿子也差不多了吧。"

耿队愣住了，陷入了深思。

24

安城历史不长，清朝顺治年间，达斡尔族人才开始在这里建屯，为的是打鱼打猎，图个方便。也不大定居，看天色行事，适合就待几天，抓紧干活儿，不适合就撤，主要是气候太恶劣了。解放前，现在安城的主城区还都是原始森林，四周都是山和沼泽，交通闭塞，易守难攻，是土匪的聚集地。解放后，政府在这里建立工厂才发展起来，即便是到了现在，安城也不大，常住人口不到三十万人，主要的经济支柱就是那几个大厂子。可就是这么一个需要放大地图好几倍才能找到的小城，出了这么一件震惊了省厅的大案要案。

抓捕王志犯罪团伙那天，没有动用任何安城警力，省厅下来人直接指挥，警力都是从邻近县市抽调过来的。1999年12月26日凌晨四点，很多人都还在睡梦中，全市统一行动，代号雷霆，要求是在一个小时内完成抓捕任务。行动非常成功，除了王志、刘半仙他们十三人，其余一百零八个人也悉数落网。

安城人从来没见过这么大的场面，早晨一出门，就看见三四十辆警车，前后都有警用摩托护卫，闪着警灯、鸣着警笛快速驶出安城。队伍那个长，好像永远也没有尽头。有认识的看见安城刑警队长耿斌也好，副局长曹江也好，都站在路边维持秩序，保证车队顺利通过。有明白人说，这个意思就是所有的犯罪分子异地关押，异地审讯。

安城人都在传，这次行动捣毁的是一个邪教组织，组织架构挺大，人员众多，光舵主就有十二个，对应天上的十二星宿，都是安城有头有脸有钱的。最让人惊讶的是，这个组织的头目竟然是一个收破烂的。别看是一个收破烂的，过得跟过去的皇帝似的，吃香的喝辣的，男教众争着抢着给钱，女教众为了和他上床，都打架。据说这个收破烂的那玩意儿巨大，体力也好，一般女的都受不了，一晚上得换好几个人。

有人说，前几年安城那几个人命案都是他们干的，铁路招待所附近的那个男尸案，就是他发现了老婆的破事，堵着收破烂的，暴打了一顿。然后他就被收破烂的教众给整死了。还有一个女的中途后悔，想退出来，也给整死了，不知道埋哪儿了，尸体到现在也没找到。

有人说，这些人集资给收破烂的修了一个庙，藏在距离安城一百多里的山里，庙正中间供着的神像就是照着收破烂的样子修的。

有人说，别看这样，收破烂的每天还回自己的猪窝里住，还经常出去满大街收破烂，他这是修行，他们修行和别人不一样。

25

人的一生有三分之一的时间都是在睡眠状态里，可见睡眠对人类有多重要。睡眠是大脑暂时性休息的过程，是一种保护性抑制。

根据每个人的身体状况和耐力不同，坚持不睡觉的时间长短也不同。一般而言，如果一个人二十四个小时不睡觉，体内的多巴胺水平会迅速增加，短暂的兴奋过后，人的反应能力会大幅度降低。如果三十六小时不睡觉，身体就会停止代谢葡萄糖，会出现头昏脑涨、记忆力差、精神涣散、心跳加快等症状。如果四十八小时不睡觉，可能出现幻视、幻听、免疫力下降并可能引发高血压、糖尿病。

二十四小时的时候，关海舟仍然不动声色。三十小时的时候，他频繁打哈欠，眼神开始涣散。快三十四小时的时候，三班倒的干警都受不了了，老万心脏病都犯了，直接送到人民医院去急救了。

耿队找曹局商量，"够呛了，一般人熬个二十四小时就全都撂了，关海舟到现在也不说。要么像老肖说的那样，这孩子不是人，是个魔鬼，要么就真不是他干的。"

曹局咕咚咕咚地往嘴里灌浓得跟中药汤子似的茶水，脸色发青，眼睛通红，他也熬得差不多了。

曹局像是自言自语，"王志自己有事儿，也明显在替人挡事儿。"

耿队也像是自言自语，"关海舟装作没事，他身上肯定有事儿。"

曹局说:"得弄清楚,到底是谁的枪。"

耿队说:"得弄清楚,到底是谁开的枪。"

曹局问耿队:"有必要再搜一遍王瘸子家吗?"

耿队问曹局:"有必要再提审一遍关亚玲吗?"

曹局桌上的电话响了,负责审讯的人说,关海舟要告公安局。

26

关海舟跟曹局说:"我得告你们公安局。"

曹局问:"你告我们什么呢?"

关海舟说:"就先告你们刑讯逼供吧。根据《中华人民共和国刑法》第二百四十七条规定,司法工作人员对犯罪嫌疑人、被告人实行刑讯逼供或者使用暴力逼取证人证言的,处三年以下有期徒刑或者拘役。致人伤残、死亡的,依照本法第二百三十四条、第二百三十二条的规定定罪从重处罚。"

曹局说:"你不能告我们,我们是打你了还是骂你了?

再说了，要告也得是我们告你啊，你才对我们使用暴力。你看你对我们多暴力啊，老万都让你暴力得心脏病犯了，差点牺牲在工作岗位上。"

关海舟脸上挤出一丝笑意，抬下巴指了指曹局说："有三十多个小时了吧，你们警察要不是玩赖，总换人，你们都躺地上了，你信不？"

曹局说："我信。"

关海舟问："那你服不服？"

曹局说："我服。干了这么多年警察，你挺有刚儿。"

关海舟说："就你还算有涵养，怪不得你能当官。"

关海舟说，他从小就有刚儿，六岁那年，眼睁睁地看着他爸让人一枪打死，血淌了一地，别的孩子早就吓尿裤子了。他不，他死死地盯着眼前的一切，尽量记住现场的一切特征。在警察赶来之前，他还能下车捡起凶手落在地上的枪，揣进怀里，用衣服盖上。

他说，他从六岁那年就下定决心，他这辈子就干报仇这一件事儿。小学时候，在他面前张牙舞爪那些小逼崽子，他真不是怕他们，是不屑于搭理他们。

初中时候，他还有意和社会人混了一段时间，希望能从他们中间发现点蛛丝马迹。很快他就发现，那些所谓的社会人都是废物，就知道吹牛，一会儿要剁这个腿，一会儿要卸那个胳膊，给他们点钱，立马变脸，都能管你叫爹，他还是得单独行动。

关海舟是在初三上半年的时候发现王志的，也算是他自投罗网吧。一个收破烂的不好好收破烂，总在他家附近转悠，没法不引人注意。

关海舟说，两本《诸世纪》是他找人卖给王志的，第一本《诸世纪》是和几本杂志一起卖的，隔几天又单独卖给他一本。他记得很清楚，两本书都是当废品卖的，第一次卖了一块两毛钱，第二次卖了七毛钱。

他没想到王志把《诸世纪》当成了天书，还迷惑了刘半仙一帮人。关海舟就是想利用卖废品的机会近距离观察王志，两次钱他都没要，还奖励了帮他卖废品那孩子十块钱。卖第二本的时候，他甚至站在当年事发时他所处的那个角度,仰头看了王志好久。他确认,杀他爸的就是这个收破烂的。但他没出声,关海舟不但要找到开枪的人,还要找到那天开车的那个人,他一直觉得他俩应该是一伙儿的。

杀王瘸子是偶然,那把枪在关海舟怀里揣了好几天了,原打算是吓唬老六的。路上碰倒了王瘸子,老王八蛋躺地上讹人,还骂他早晚让车撞死,他一下就怒了。他爸死后,关海舟最听不得别人咒他被车撞死。

曹局说:"关海舟最后几句话是一边睡一边说的,但也不能将他的供认行为都归结为疲劳审讯。关海舟从小就有自毁的倾向,关亚玲说,从小就不太敢说他,有一次,关海舟还没上学呢,她都忘了因为什么训他几句,这孩子转身跑到厨房,推倒豆油桶,给点着了,差点把家烧了。当然,这次杀人也有一些外部刺激的因素,关海舟在学校喜欢一个女孩,追了好久,女孩前两个月明确拒绝了他。再加上,发现他妈想改嫁,觉得全世界都抛弃了他,情绪上有点绷不住了。"

耿队说:"王志从刘半仙家出来不久,正好从附近路过,一听到动静，就知道是他当初丢了的那把枪的声音。关海舟毕竟还是一个孩子，开了一枪后，见血了，完全蒙了。王志过去一把夺过关海舟手里的枪，让他快走，接下来王志就做了一次好人好事，把王瘸子送到了医院。用王志的话说，反正人类没几天的活头了，他这是利用最后的机会救赎自己。"

老肖问："是不是关海舟也和王志一样中了《诸世纪》的毒，这么快就都吐出来，其实是想救赎自己，获得一个重生的名额？"

耿队说："有这个原因，但还是不大一样，关海舟不像王志那帮人那么想获得重生的名额，关海舟觉得自己就是诺查·丹马斯说的那个恐怖大王，他要毁灭世界。"

曹局说："关亚玲现在醒悟了，她发现王志和武百万都不是什么好东西。武百万是有点钱就不知道自己是谁了，王志是有点权力就不知道自己是谁了，两人做的坏事都一样，最后都是钱和女人。关亚玲这辈子，在同一个地方摔了两跤。"

耿队说："武百万那起案子，交通事故就是一次偶然，我们又调出了当年的出警记录，重新询问了当年出现场的交警，也找到了当年的肇事者，这一点确认无误。王瘸子和老关家也没什么纠葛，这不省里专家都在嘛，专家认定，关海舟有点路怒症。医学界把路怒症归类为阵发型暴怒障碍。关海舟杀王瘸子是一次偶然，突然就暴怒了，就是障碍了。"

老肖说："也就是说，时隔十二年的两起交通事故和两起开枪杀人事件都是偶然，我们他妈的最终硬是干倒了偶然。"

27

会议结束的时候快十一点了，曹局说："距离王志他们说的世界末日还有一个多小时，咱们出去转转，我们待在 1999 年 12 月 31 号结束的那一刻，迎接 2000 年。"

曹局、耿队和老肖都挤进我那辆破拉达里，耿队掏出烟，我们几个点着了，在安城街道上慢悠悠地晃荡。

收音机里一个男生在唱歌，"……天空依然阴霾依然有鸽子在飞翔，谁来证明那些没有墓碑的爱情和生命，雪依然在下那村庄依然安详，年轻的人们消逝在白桦林……"

这一个多月没黑天没白天地忙活，难得有这么清闲的时候。雪还没化，被人堆在路边，远远看过去，像是一队挺拔的卫兵，地上已经有红色的鞭炮碎屑，有男女笑着从上面踩过。安城不大，生机勃勃。

曹局问我："小陆，听说你家老爷子那个厂子一年不少挣，是吧？"

耿队问我："小陆，你这车开几年了，遇到上坡是不是还得找人帮忙推两把，这得多麻烦人民群众。让你家老爷子给你换一辆得了。"

老肖说我："小陆，小说的素材积累得咋样了，动工没有呢？"

曹局说："小陆，那本《诸世纪》你也看了，老诺写的怎么样，跟果戈理比呢？"

耿队说："小陆，你是一个干刑警的料，胆大心细，关键时刻也挺疯，想不想调过来？我们刑警队可都配枪。"

老肖说:"小陆,你有没有女朋友呢,要不要我给你介绍一个。"

坐在副驾驶的曹局突然伸手把我嘴里的烟抢过来,扔出车窗。我吓得一激灵,转头看他,不知道他什么意思。曹局眼睛里射出一道寒光,命令我,"靠边,熄火。"

曹局声音里都带着冰碴子,他问我:"你刚才怎么弹的烟灰?"

我有点蒙,"就那么弹的啊。"

耿队问:"你往哪儿弹的,是不是往车顶弹的?"

不等我回答,曹局接着问我:"你知道5号那天晚上,关海舟想干谁吗?"

我说:"老六啊,不是老六吗?"

曹局说:"还老七呢,是你。"

接下来,曹局的话,让我五雷轰顶:5号那天,在合江花园门口,你和关海舟的车差点撞上,交警队的判断是你俩都走神儿了,你为什么走神儿你自己知道,你要是不知道的话,你那个破记事本上都替你记着呢,自己翻翻就知道了。你知道关海舟为什么走神儿吗?他发现你开车时,手伸到窗外，往车顶弹烟灰。

十二年前，车祸发生前，武百万骂他玩游戏眼睛都快玩瞎了的时候，他捧着游戏机没敢玩儿，正好看见前面车司机这么弹烟灰，他刚觉得好玩，车就撞了。他找了十几年这么弹烟灰的人，那天晚上他就发现你了，他觉得终于找到当年和王志合伙杀他爸的人。他撞了王瘸子，就是因为他跟你跟丢了，忙着找你，你那时候停在春风旅馆门口了吧。

我们的车正停在合江花园小区门口，就是一个多月之前，我和那辆桑塔纳差点撞到一起的地方。不知道怎么回事，我碰到了双闪灯，车里响着哒嗒哒嗒的双闪声。车灯明灭，前面一段路，随着车内的声音忽明忽暗。

明天是元旦，新千年就要到来了，街边的电线杆挂上了红灯笼，街上人来人往，人声嘈杂，世界安静。

我看见一个女孩从前面的102路下来，大冬天的，穿一个短裙，光着腿，腿细长，鹤一样。没走两步，女孩两只胳膊像翅膀那样一上一下扇动，旋即，如鹤一样振翅飞走。

有人点燃了鞭炮，我知道，2000年来了。

风雪夜归

第一章

1

李闯说要干邵老大,我问他为啥。

他说:"邵老大说他妈好看。"

我说:"那是得干他。"

邵老大说他妈好看不是一回两回了,我们几个都忍了,没跟他一般见识。这一次李闯不让了,跟我们发狠,"既然他妈那么好看,我不干他干谁?"

在1996年的东北,干这个词很单纯,起码没有现在这么不礼貌。那时候干的意思和西方资本主义国家的决斗差不多,不但讲礼貌,还讲文明。不一样的是,浩荡的东北人打架不像外国人那么玩赖,不动家伙什儿,不带搂腰,不带抱腿的。两个人只拿出四只手,像支黄瓜架那样顶在一起,凭力气和技巧摔倒对方。三跤两胜，愿赌服输。

邵老大真名叫邵建国，他弟弟叫邵建军，比他小两岁，长得也敦实，从不管他叫哥，叫他老大，我们大伙也顺着叫他老大。

在他老弟面前，邵老大是老大，在李闯面前，邵老大就不一定是老大了。三跤都是李闯胜，邵老大被摔得灰头土脸，跟个孙子似的。邵老大被干倒了还是老大，是一个讲究人，站起来，拍拍身上的灰，没出声，坐到工人文化宫门口的台阶上，那意思是结束了，你赢了还不行嘛。

李闯可不愿意就这么拉倒，站到邵老大面前继续拔横，"你服不服？"

邵老大说："服。"

李闯不依不饶，"那你还说你妈好看不？"

邵老大想了想，一脸认真地回答："我妈是好看。"

李闯上去一脚，蹬翻了邵老大。我上去一脚，蹬翻了李闯。

我知道李闯干邵老大根本不是因为说谁妈好不好看，前几天，邵老大骂李闯"没娘养，没娘教"，呛着他肺管子了。

李闯憋了好几天的恶气，好容易找到这个茬儿。可是三跤三胜，这口气也顺得差不多了，没完没了就不讲究了。

李闯那一脚挺狠，加上邵老大没防备，半边脸都肿了，嘴也磕破了，吐口唾沫都是血。

李闯吓坏了，他不怕邵老大，可是他怕邵老大他爸。不光是他，我们几个都打怵他爸。邵老大他爸在银行烧锅炉，长得有点像《少林寺》里的觉远，他爸说他也练过少林拳，按照辈分排下来，和觉远是师兄弟。虽说是现在烧锅炉了，可功夫没撂下，天天在家打沙袋子，拳头上都是老茧。

李闯嘴唇有点哆嗦，可嘴上不服软，"就是你爸来了，我也不怕他。是你先骂我的。"

邵老大一脸认真地问他："我骂你啥了？"

李闯说："你骂我说你妈好看。"

2

在富拉尔基，像一重、热电厂这些几千人的大厂子，都有自己的食堂、医院、幼儿园、学校、家属区。各厂的厂房、家属楼都是那种四四方方的板楼，长得差不多，只有老富拉尔基人才能在挤挤插插的厂区里，分辨得出这一疙瘩那一块都是哪家是哪家的。各个厂的大烟囱不一样，比如钢厂的大烟囱上还能看得出大炼钢铁的白色标语字，机械厂的烟囱上还留有抓革命促生产的字样。

现在工人基本上都下岗了，厂子停产，大烟囱不冒烟了，大烟囱边上的厂房也失去了参照功能。这么黑的晚上，一般人更是分不清怎么回事了。

邵老大说他家住在轧钢厂家属楼旁边的平房，好找，可绕来绕去，怎么也找不着。我帮他拎着书包，不沉，可绕了这么长时间，深一脚浅一脚，胳膊还是有点酸麻。

我问他："你书包怎么这么轻？"

他说："今天忘了往里塞菜刀。"

我说："你们四年级的，都这么野了吗？"

他说："比你们六年级的强。"

我说他："你挺牛逼啊。"

他说:"牛逼咋地……"

他话没说完,我就趴地上了。这时候的邵老大一点儿也不像刚才那么弱了,像踹倭瓜那样,抡开他四年级的小短腿飞踹我六年级生的脑袋。等我觉得脑袋变得有平时两个那么大的时候,邵老大蹲下,薅起我头发问:"你服不?"

我说:"不是你爹会少林拳吗,你会少林脚啊?"

邵老大说:"就你这样的,我一个人能打你两个半,你信不?要不是你们几个总在一起,我早把你们挨个儿都干服了。你说你现在服不服?"

我说:"我 × 你妈。"

3

第二天一大早,我妈带我去找老邵家算账。

我妈是文明人,找上门的目的不是打仗,她的说法是:"都是孩子,谁打谁两下,能怎么着,也打不坏。按理说,我们家这个还大你家那个两年级,小孩子嘛,都是闹着玩儿。"我妈主要是来解释两件事：一是我不像李闯他们几个，虽说我爸也下岗了，可没去南方打工，我爸妈也没离婚，别的不敢说，起码在富拉尔基，我们老王家还属于完整家庭，所以不能说我是"没娘养"。第二就是，我妈是老师。白天上课教学生，晚上回家也教育我，急眼的时候经常动手打，不是像邵老大说的"没娘教"。

我妈最后总结说："小孩子打个架骂个人都不是什么大事，胡说八道才是大事。教育要趁早，尽早发现问题，尽早打。"

我妈管邵老大他爸叫小邵，小邵长了一张娃娃脸，在我妈面前，看着确实小。小邵说话声也小，管我妈一口一个赵老师叫着，"赵老师，昨天就是建国做错了，打他的是他们一起玩的李闯，不是你家王彬，他打错了。为了教训他没打对人，我已经打过他了。赵老师你消消气，要是还不消气，我当着你的面，再打一次吧。"

站在小邵旁边的应该就是邵老大他妈，长得横平竖直。大概是我妈敲门太使劲儿了，一时着急，随便裹了一件衣服就出来了。看我盯着她看，随手拽了一把衣服，挡住胸口的沟壑。

我的意思和我妈差不多，不同的是，我妈是和他爸说，我是和他妈说。我告诉她，"你家邵老大把我打成这样，不是因为他练过少林脚，也不是我没防备，是他不讲究，先抱腿。我们打仗，都是不带抱腿的。"

小邵说话声小，可是扎耳朵，我妈有点生气，拽我走，不和野蛮人理论了。没走两步，我还想和他妈再说说邵老大不讲究这个事儿。一回头，小邵两口子已经转身要回屋了。我看见小邵长满老茧的手，拍在他媳妇屁股上，女人的两瓣屁股像果冻那样抖。

邵老大说得对，他妈长得是好看。

我也得干邵老大。

4

我干邵老大是在工人文化宫里边。

文化宫是我们几个的据点,从售票处的窗户那儿就能爬进来。下岗之前不行,那时候文化宫里会放电影,逢年过节还有大合唱之类的演出。平时穿劳动服的男女工人换上白衬衫,涂了红脸蛋,唱《咱们工人有力量》,震得人耳朵疼。他们说这个文化宫是老毛子帮着设计的,举架高,回声大,适合大合唱,也适合干邵老大。

我干邵老大就在原来大合唱的舞台上,台下原来坐观众的地方,坐着李闯他们几个。他还叫上了宋丽娜,一个长得像男生的女生,短发,总是哈哈大笑,李闯喜欢她这样的。

上来之前,李闯偷偷告诉我,打邵老大的鼻子,狠叼羊,冷不防,一拳下去,血一出来,他就地老实。

还没等我站稳,邵老大一拳打我鼻子上了,一股腥热喷溅出来。趁着我倒地,他跟疯狗似的,又一顿飞踹。我的脸肿得像猪头,舞台上血迹斑乱。

邵老大他妈是晚上到我家来的,拎一个网兜,装了两瓶桃罐头。她坐在床头给我开罐头吃。一边洗了毛巾,给我擦脸,一边跟我妈解释,"小邵没过来,忙着在家打孩子呢。

太不让人省心了，不带这么闹着玩的，怎么总挑一个人闹。"

李闯说我："你是不是故意的？让一个四年级的把六年级的干了，明年就上初中了，你好意思吗？"

我也跟邵老大他妈说："你家邵老大连干我两回，他们都笑话我，都不跟我玩了。"

他妈说："那你和邵老大玩，多来家，我给你们擀面条吃。"

我装作很勉强的样子，点点头，心里都乐开了花。

在无数次和我妈的斗争经验里，我总结出一条，她打我，我得嘴硬，好让她尽兴。等她那股劲儿过了，就会自责"不该那么打孩子"。之后那几天，会对我格外好。

这不是吗，邵老大他妈问我："你还想吃点啥，跟婶儿说，婶儿给你买。"

我说："我想吃果冻。"

5

1996年的时候，我上小学六年级，过完年就该考初中了。

我妈要求我："必须考一个好初中。"

我问："为啥啊？"

她说："考一个好初中，才能考一个好高中。"

我问："为啥啊？"

她说："考一个好高中，才能考一个好大学。"

我问："为啥啊？"

她说："好大学都在北京，考到北京的大学去，就能有一个北京户口。"

户口是中国人的头等大事，分红皮的还是绿皮的。红皮的是非农业户口，吃商品粮，我家是红皮的户口，我妈告诉我，人得有点上进心，你死活得混一个红皮户口里的北京户口。绿皮的是农业户口，吃自己生产的粮食。小邵就是农业户口，但小邵不种地，在银行烧锅炉。看着和城市里拿红皮的非农业户口的工人一样，准时准点上班下班，但不是工人，是临时工。

找媳妇这种事儿也看户口本，基本都是红皮户口的找红皮户口的结婚，绿皮户口的找绿皮户口的结婚。小邵拿的是绿皮户口，但干的是红皮户口的工作，两头都不靠，就找不到媳妇。我妈说他，不知道自己咋回事儿。

小邵这个媳妇是在甘南县绿色林场找的，她家从姥爷那辈儿开始就在林场砍树，争着抢着"我为祖国献栋梁"。到了她爸妈这辈儿，不能砍树了，得种树，提倡"植树造林，利在千秋"。种树和种地差不多，都是农业户口。她姥爷是农业户口，她爸妈也是农业户口，小邵媳妇自然还是农业户口，可她不甘心再找一个农业户口的。找来找去，也没有合适的，最后就和小邵结婚了。小邵虽说是农业户口，可在城市里有工作。她和小邵结婚就约等于给家里的户口本变了一个颜色。

城里人果然和农村人不一样，小邵疼媳妇，疼到不让媳妇出去找活儿干，就在家里待着。有人给她介绍过当售货员、服务员这类临时工，临时工的媳妇出去干一个临时的工作，应该说也对，可小邵说"我媳妇不干那伺候人的活儿"。其实是小邵觉得媳妇好看，是天下第一大美女，出去干活儿太危险，连出门倒个垃圾，都让她裹严实点。

小邵两口子和我爸妈不一样，我爸妈属于知识分子，但老打仗，动手那种。小邵两口子连工人都不是，但我没看见他俩打过仗，更别说动手。他两口子虽然不动手，可是动脚。吃面条的时候，我发现两人的脚还叠压在一起。

我妈问我："你怎么不长在小邵家了？"

我说："他家不好。"

我妈说："他家面条也不好了？"

我说："他爸不好，是流氓分子。"

我妈问："流氓你了？"

我说："流氓他媳妇。他爸总拍他妈屁股。"

我妈抬手给了我一嘴巴，"你怎么那么流氓呢。"

我说："又不是我拍的。"

我妈说我："跟你拍的有什么区别？"

我不去老邵家，但顶不住邵老大总找，尤其是他爸值夜班的时候。

小邵烧锅炉，一上班就是一天一宿。白天烧锅炉，晚上住在锅炉房，看着点锅炉。看着锅炉不是怕锅炉跑了，而是看着锅炉里的火不能太旺也不太弱。火旺了，浪费煤，火弱了，怕冻了水管子，得一直温乎着。压煤就成了一个技术活儿，第二天早上捅开压煤，炉子热乎得快，不耽误事儿。

小邵一值夜班，邵老大就找我去他家玩，说他妈害怕，人多热闹点。

1996年的时候，富拉尔基很多人都下岗，没工作了，可是比有工作的时候还忙。前两年看《过把瘾》，富拉尔基人民忙着喜欢王志文。去年看了《武则天》，又呼啦啦地都去喜欢刘晓庆。今年电视台放《宰相刘罗锅》，又忙着去喜欢小老头李保田了。我问邵老大他妈喜欢谁，她说谁都不喜欢。

我知道她说的是气话，她家没有电视，想看电视剧就得去邻居家，几回之后，小邵就不让了。小邵说，家里没有电视，不是有一台双卡录音机嘛，看不了电视，可以听歌。别人家坐在床上看电视剧《宰相刘罗锅》，小邵媳妇只能坐在家里听《宰相刘罗锅》的主题歌，"故事里的事，说是就是，不是也是。故事里的事，说不是就不是，是也不是。"小邵媳妇噘着嘴嘀咕："那到底是还是不是啊。"

小邵媳妇长得白，在黑夜里发着光。

我希望小邵总值夜班，永远也别回来了。

6

小邵不可能永远值夜班，但也确实是回不来了。

小邵被抓了，官方说法是因为盗窃罪，在碾子山落网。

和富拉尔基一样，碾子山也是齐齐哈尔的一个区。原来是一个小镇，山上的石头，可制碾磨，当地人以打石头制碾为生。后来国家在这儿成立了一个厂子，叫华安厂，专门生产炮弹，当地很多人都进了厂里干杂活儿，碾子山区又叫华安区了。现在华安厂不生产炮弹了，做铸锻件、冲压件、铜材加工，效益依然不好，出去打工的人就多了，街道上人很少。

街道上人很少，出现一个拎着大包裹的人就很扎眼。作为一个曾经的保密单位，虽然已经过了脱敏期，可保密单位的警惕性一点儿都没脱敏。在碾子山火车站附近的小石桥，小邵被人民群众拦下，问他包裹里装的是什么。他回答是衣服。一看他眼神躲躲闪闪的就不对劲儿，命令他打开看看。

包裹里是一台电视机，彩电，24英寸，康佳牌。

1996年，一台24英寸彩电价值两千多块钱，根据偷盗超过一千块钱就按照刑事犯罪处理的规定，小邵属于刑事犯罪了。更恶劣的是，现场抓捕的时候，小邵摆出架势，想和公安支把两下，最终让人民群众按倒在地，呵斥他"你和我练少林拳呢"。

就因为他想和警察练少林拳，属于袭警，数罪并罚，判了七年有期徒刑。

富拉尔基人也不知道数罪并罚到底是多少罪，怎么判了七年这么重。我妈说小邵捡着了，"要是严打那时候，判个无期，他也得受着。"

现在和以前不一样了，犯罪分子不游街了，判完了，直接送进监狱服刑。人虽然不游街了，可事儿继续游街，传来传去，越传越邪乎，大伙都拿这帮犯罪分子教育小孩子，

"别和那谁似的"。

小邵不一样，大伙一致认定，小邵偷电视，是为了孩子。

眼看着就正月十五了，年三十那天两个孩子眼巴巴地想看春节联欢晚会没看着，一听人说起赵丽蓉演的小品，眼睛瞪得溜圆，哈喇子流了半尺长。小邵偷电视，就是想让孩子看看元宵晚会，都说元宵晚会还有赵丽蓉的小品。女人评价他："这个当爹的，不容易啊。"

也有人说，人家问他包里是什么，就直接说是电视呗。偷完东西，还往碾子山跑，也是慌了。男人评价他："老实人，没干过什么坏事。"

在富拉尔基，还没有人像小邵这样，犯了罪，判了刑，反倒成了认识不认识的人嘴里都说的好人。

大伙嘴上都说小邵是好人，说他"可惜了"，可又转身去劝小邵媳妇和这个好人离婚。

"你看看在富拉尔基，别说男的蹲笆篱子了，就是下岗了，女的离婚多多啊。打工还得轻手利脚的呢。"

"带着两个孩子,还农村户口,可咋活啊?"

"离了,再找一个,好歹孩子有口吃的,你也轻巧点儿。"

也是啊,小邵媳妇虽说是结婚十几年了,家里买米买面的钱都是小邵挣的,买米买面的活儿也都是小邵干的。她三十好几的人了,还一天到晚跟个小姑娘似的娇滴滴的。小邵媳妇一天工作都没干过,这回没人倚没人靠了,还带着两个孩子,可怎么生活啊。别的不说,到富拉尔基这么多年了,平时跟个大家闺秀似的大门不出二门不迈,富拉尔基这么大,她出门都得找不到家。

富拉尔基人总是听风就是雨,那段时间,一提起小邵,都能说上点自己和小邵的事儿,就好像小邵两口子认识全富拉尔基的人,全富拉尔基人都长在了小邵家里似的。小邵提多了,不免又牵扯到了小邵媳妇。牵扯来牵扯去,在他们嘴里,小邵媳妇又好像不是小邵媳妇了。

比如,富拉尔基人说,小邵庭审那天,小邵媳妇去旁听了,还戴了一副蛤蟆镜。法官宣布被告人犯盗窃罪、袭警罪,事实清楚,证据确凿,判处有期徒刑七年,不得保释,还敲了一下法槌。法官宣布闭庭,法警押送小邵离开,这场庭审就算结束了。可那天在旁听席上出了点事儿,眼看着小邵就要被押走了,小邵媳妇站起来,冲小邵喊,"不就七年嘛,我和孩子等你出来。"

小邵媳妇在法庭上喊没喊这话,没人敢说真的听到了,可富拉尔基人都觉得自己亲耳听到过,并且越来越相信就是听到过,因为通过大家后来的一些亲眼所见,都认定小邵媳妇能干出来这事儿。

小邵媳妇的变化太大了,连我妈都不敢相信,那么一个干啥啥不行的人,在小邵入狱后,竟然找了一个饭店干活儿,起早贪黑,刷盆子洗碗,端盘子上菜,什么活儿都干。

邵老大和邵老二都是十来岁的男孩子,正是能吃的时候,一顿饭能吃三四碗大米饭。本来家里底子就薄,肚子里油水就少,越少越饿,越饿越能吃,越吃越穷。我妈说:"小邵媳妇就是成天成宿地干,也填不满这两张嘴。"人吃不饱,智商就容易变高,两个小子连家里的双卡录音机都拿出来换麻花吃了,老邵家真的是家徒四壁了。

可即便是这样，每个月总有那么一天，小邵媳妇都收拾得干干净净，带上家里能找到的好吃的，坐车去齐齐哈尔。每次看到小邵媳妇在长途车站等车，富拉尔基人就知道又是15号了，小邵媳妇又去齐齐哈尔警民胡同16号了。

每月15号，是探监的时间。警民胡同16号，是富拉尔基监狱。

小邵媳妇说："他又不是杀人放火搞破鞋，他蹲监狱不也是为了这个家嘛。"

我妈说她，"老爷们像是亲生的，孩子倒像是后养的。"

第二章

1

富拉尔基人骂人会说："跟你那个死爹似的。"如果说谁是活爹，那就不是骂人了，意思是拿这个人没办法，谁都管不了。

富拉尔基人管老六就叫活爹。

我管老六也叫活爹，我说："你真是个活爹，能不能给点面子，先消停一阵儿。"

他问："你的面子值多长时间？"

我说："怎么也得到年底啊。今年扣分太多，这么扣下去，派出所这个三级都保不住了。"

他说："你们派出所咋还三级呢。"

我说："小兔崽子，嘴放干净点儿，别以为你不到十八岁，我就不敢拘你。"

他说："别以为你穿了这身皮，就是警察了，你不就是一个临时工嘛。"

老六在39中，初三。他说现在之所以还是一个学生，纯粹是给国家九年制义务教育一个面子。老六已经不怎么上课了，总和一些社会闲散人员混在一起。学校没少在他身上费心，可他善于胡搅蛮缠，说话一套一套的，学校老师看见他没有不脑瓜子疼的。现在都是睁一只眼闭一只眼，再熬一阵儿，初三毕业，这个活爹走了，就万事大吉了。

老六他们总混在一起的，一共八个人，情况都差不多，家庭不健全，没人管，自己也没心思念书，天天在理发店、彩票站那一带晃荡。

那时候，通过公安部门若干次街头宣讲，富拉尔基人的法律意识得到了极大的提高，派出所三天两头接到报警电话。电话里说"出人命了，你们快来吧"，到现场一看，也就是这几个和人吵个架拌个嘴什么的。

他们几个都是嘴上横。

有人报警说遭到不明身份男子的恐吓，原来是他们几个坐在理发店门口掰腕子、吹牛逼，人多嗓门又大，闹得乌烟瘴气。剪头的人不敢进来，影响了人家做生意。

最厉害的一次是，有人在电话里说遭到了黑社会勒索。原来是老六他们向彩票点老板娘要赞助，想吃一碗手拉面，涉及金额十五块。事儿不大，但他们号称青龙帮，性质不一样了，我们不能不重视。可是查来查去，一共十五块钱的案子，也查不出什么更值钱的线索。

这八个小子里，最大的才十七岁，都还没成年，派出所也拿他们没什么办法,主要是以批评教育为主。几次之后,他们也看出门道了,再见着警察,也不像刚开始那么害怕了,手上不敢咋地,嘴上一点儿也不闲着,态度极其嚣张。

我警告老六,"这次你那套不好使了,我得见你家长。"

2

即便是认识的人,也不知道老六他妈大名叫什么,都叫老六他妈。我不知道该怎么叫,就索性不叫。

我说她:"老六这样,你不管管哪?"

她说:"老六哪样了?"

我说:"他……不好好上学啊。"

她说:"好好上学能咋地,还能上到北京去啊?"

老六他妈头发不长也不短,眼睛不大也不小,个头不高也不矮,长得不难看也不好看,说话不紧也不慢,可挺冲,噎人。

我说她:"当父母的,不得负起责任啊。"

她回我:"责任都一般大吗?我能让他有吃有喝还有学上,念到初中毕业,就是尽了责任了。"

老六家是一个两间的平房,住人那一间,最贵的就是衣柜上放了一台电视,黑白的,在播放《新闻联播》,上面支棱着两根羊角天线,雪花挺大,我看着别扭,差点想帮他们调调。另一间堆放了一些杂物,无非是米袋子、面袋子,还有点青菜、土豆。房间阴冷,弥漫了一股土豆长芽了的怪味儿。

我说:"看好你家老六,现在定人定点儿,我专门管这两条街上的治安,老六要是让我再抓住一丁点儿毛病,他就得兜着走。"

出门的时候,一个小男孩进屋,一看长相,我就乐了,长得跟老六一个模子里刻出来似的。

我问他:"你是老六的弟弟吗?"

他说:"我是。"

我说:"那你是老七吧?"

他说:"你咋想的,我是老二。"

我说:"老六的弟弟是老二?"

他白了我一眼,"不行啊?"

3

我跟张所长磨叽,"别让我跟老六了,看着咋咋呼呼的,胆儿跟蚊子那么小,一吓唬,就哆嗦了,出不了啥大事儿……还是让我上线儿吧。"

那几年,富区出现了点黑恶势力的迹象。经历过两次严打风暴,坏人们都听说过二王、乔四这些牛逼篓子最后是怎么折的,也都知道共产党可不是惯孩子的主儿,他们也知道收敛了,但并没有罢手,而是采用了一套更为隐蔽的打法。

那时候,人们手头宽裕了点儿,突然就不愿意待在家里了,有了走的愿望,交通变得重要起来。除了国营的一些线路,有手疾眼快的人,干起了小巴生意。有在市内跑的,也有跑各个县、乡的。跑市内的,两个人合作,一个开车,一个卖票。这样的小面包一路敞着门,卖票的抓着车门,探出大半个身体,好像御风而行,喊着"两块钱一位",招手即停,上车就有座儿,"有大座"。这帮人没啥油水,也就是多收一两块钱票钱,提前几站撵人下车,腾出位置,好多拉两个人,出不了什么大的幺蛾子。

重点是跑郊县的面包车,看着都挺正规,集中在客运站,照点发车,里面的门道可大了去了。

我们说的上线儿,一般指去跑郊县的面包车上抓偷盗明抢的。坐这些车的,一般都是附近的农民,在富拉尔基办完事儿,坐车回家,出点啥事儿,很少报警,大多自认倒霉。这几年,农民富裕了,坐这种面包车的,都是兜里多少有点钱的,是贼的重点客户。

贼分过路的贼和本地的贼,过路的贼属于一走一过,捎带手作业,除非抓到现行,否则不大好对付。本地那几个贼的信息,都在我们的笔记本里记得明明白白的,就是什么时候收拾和怎么收拾的问题。这是大动作,得全区一盘棋,集中力量办大事儿。

最难防备的是那些临时起意的贼，原来都有正经工作，下岗后，大多数时间都老实本分，犯罪动机五花八门，一般是看到有机可乘，头脑一热，就伸手了。跑线儿老板也得注意，睁一只眼闭一只眼的居多，也有胆大包天和贼合作发财的。

我们上线儿主要抓的就是第三种，这帮孙子基本上都是业余选手，手上的活儿不行，容易被人发现。心理素质也不过关，被人发现了，容易狗急跳墙，好动手。这就等于给我们送货上门，不抓都不行。这类案件往往涉及抢劫的性质，属于重罪了，可以判处三年以上十年以下的有期徒刑。

和我前后脚进所里的小尹，就在发往甘南县的客车上，逮住了两个抢劫犯，还有幸受到了点伤，得到重用，调到了反扒大队，据说年内能转正。

当时的情况是，趁着检完票，大伙都上车的时候，有人逆着茬儿往车下挤。人看着是往外走，可手伸人家兜里去了，这是那时候小偷的惯用做法。有大意的，丢了钱包，都不知道什么时候丢的。有人警醒点，及时发现，按住了伸进兜里的手，小偷也就算了，下车走人。

小尹赶上的那个人就属于临时起意的，活儿不行，脾气挺暴，看偷不出来，直接改抢了。

归还赃物的时候，丢钱包那人还挺牛逼，"你看他把我手给抠的，都出血了，抠掉一块肉。跟你说，警察大哥，他也就能偷走我这个兜，那个兜的钱他根本就整不走，我捂得死死的，一点儿都没惯着他。"

张所说我："上啥线啊，哪个岗位不是为人民服务。你看着老六他妈了吗？"

我说："原来不是盯老六，是让我盯着老六他妈啊。"

4

老六他妈偷东西，富拉尔基的人都知道。

那几年，富拉尔基丢东西丢得狠，警察抓得也狠，富区分局正经干出过几个漂亮案子，最有名的就数钢厂那件事儿。

虽说是都下岗了，可厂子不能没人，得安排几个人值班，看护着生产设备，那都属于国有物资。尤其是钢厂，属于重型企业，物资尤其珍贵。

在厂子里干过的都明白，这是一个好活儿。不用出什么力气，天天坐在值班室里吹吹牛就行，还能开一半的工资，都抢着去，得走后门。

今年开春的时候，富拉尔基钢铁厂传来好消息，接到一个大订单，够干半年的，至少一半的工人可以上班了。可大门打开以后，大伙儿傻眼了，厂里的设备能拆的拆了，能卸的卸了，剩下的跟一堆废铁一样，根本用不了了。

案子很快破获，是看厂子的那帮人干的。值班熬人啊，总坐那儿吹牛也没什么意思，就想着能喝点酒就好了。靠山吃山，看设备的就动起了设备的脑筋。机器动，可以挣钱，机器不动，可以卖钱。这几个王八犊子，为了两口猫尿，差点拆了大半个厂子。

特案特办，没过多久，法庭的告示就贴在单位外面的墙上。八个人，一人一张告示，分两排粘贴。每张上面都有照片，照片下面是姓名、年龄、罪行、刑期，最下面是一个大红钩，落款是法院院长张恒的签名。

这么大的案子破获得都这么利索，说明富区警察本领过硬，这么过硬的本领，对付老六他妈那还不是小菜一碟。

不到一星期，老六他妈就让我抓了个现行，直接铐上，连人带苞米一起带回所里。

张所也挺高兴，笑呵呵地让我去他办公室。我也乐呵呵的，可一进屋，他一脚就把我踹那儿了。

我问他："为啥打我？"

他说："打你都便宜你，我他妈的还抽你呢。"

我说："你骂我他妈的，是不，信不信我告诉我妈？"

张所不吱声了，可还瞪着眼睛。我说："你告诉我，刚才是谁打的我？要是我舅，我就告诉我妈。要是张所长打我，我就去纪检科告他。"

他说："告我的时候，再加一条，张所长利用职务之便，把你这个破中专生聘到所里当合同警。"

我不吱声了，眼睛也不敢瞪了。

所长气儿还没消，指着我鼻子骂："就显你长了俩破爪子了啊，爪子痒，去挠墙啊，用得着你抓啊？"

直到这时候才明白，所长让我看着点老六他妈，不是让我抓她，而是要我照顾她。

张所长说："她是偷东西，但不能算是小偷。"

老六他妈偷的都是吃的，青菜、土豆、苞米什么的，为的是解决基本生活问题，不但不招人恨，还惹人同情。就连富拉尔基最泼的那几个妇女都同情她，发现少点啥了，也不像以前那样又是骂街又是报警地闹。有时候，还主动给她点东西。走路碰见了，拉着手，唠一会儿嗑。都知道她一个人拉扯两个孩子不容易，靠打工挣那点钱，填不满三张嘴。

在富拉尔基，老六他妈是我知道的名声最好的小偷。

张所长派我跟老六他妈的目的，其实挺阴险的，他根本不是让我跟，而是让我妈跟。

派出所既属于执法机关又属于服务机构，既要执法必严，又得根据具体情况为人民办实事。老六他妈这事儿，派出所不好直接出面，我妈在街道办负责妇女工作，平时不怎么忙，张所就想借着我妈个人的手照顾照顾她。

干警们有时候还会捐出来点钱，都是让我妈帮他们娘几个买点米面，把日子对付下去。老六他妈也是要脸的人，吃饱了，就能少动点心思，那样的话报案率就会下来，派出所的绩效考核成绩也就能上来了。

我听明白了，打包票，"我把老六当活爹，把他妈当祖宗，行了吧。"

5

虽然是打了包票，我也只照顾了老六他们半年。半年后，张所长亲自带人把老六他妈抓回了派出所。

有人报警说在红岸公园附近有打架的，张所长赶到的时候，三个女人摁住一个女人，拳脚并用，尘土飞扬，打得难解难分。这场仗造成的轰动，不在于人数的多少，而是打得邪乎。下面挨揍那个女人裤子被撕了，只剩个三角裤衩。骑在上面揍人的三个女人也好不到哪儿去，衣领子撕开了，露出白花花的胸脯。

挨揍的是老六他妈。带头打人的叫张丽华。

拉架的时候,张所长的脸不知道被谁蹬了一脚,所长同志一边揉脸,一边问:"说说吧,到底什么情况?"

到了派出所,三个女人像终于逮住了亲人似的七嘴八舌地说,一个比一个理直气壮,一个比一个嗓门尖厉,张所脑袋瞬间大了一号,抬手制止,"一个一个来,别着急,都有说话的份儿。"三个女人中的两个停了下来,望着另一个。另一个不负众望,清了清嗓子,一张嘴就是:"是,我们是动手打人的人,可我们才是受害人。""虽然挨打的人看着像是受害人,其实她是凶手。"

张所再次抬手制止,"给事件定性是我们警察的工作,我们的工作我们自己做,不麻烦你。你说你的事,为什么打人?"

那女人说:"她偷东西。"

张所问:"她偷什么东西了?"

女人回答:"偷人。"

6

老六他妈成规模地偷人已经有几个月了。我也听到过一些风言风语，但没当回事儿。偷人的人起码得是脸部粉白、锁骨突出、胸脯高耸、臀部滚圆那种女特务型儿的，就老六他妈这种皮糙肉厚的，根本不具备偷人的实力。

张丽华也不信，即便是把属于她的男人堵在了老六他妈屋里的时候，有那么一刹那，她还在安慰自己，"也许就是来串个门呢。"

即便是看见两人都衣衫不整、盔歪甲斜，像是刚刚从沙场上大败而归，也安慰自己，"没准就是一起上战场了呢。"

直到在老六家西屋看见一袋应该在自己家厨房放着的白面后，她才明白，眼前这个女人不但篡夺了她应该享有的对眼前这个男人的私有权，还夺取了她对自家白面的所有权。

张所长把我叫到办公室，劈头盖脸一顿骂。

我说："老六他妈偷人，你骂我干啥啊？"

张所长说："骂你都便宜你，信不信，我他妈的还抽你呢!"

张所长确实是怒了,茶杯都摔了,在屋里转了好几圈。他没抽我,差点抽自己,他是自责。

老六他妈出现生活作风问题,还是因为生活出现了问题。

虽然她自己也出去打工,多少能挣一点儿,认识的人也时不时地接济他们娘仨一下,可毕竟不是长久之计。日子是一天一天地过,饭是一顿一顿地吃,偶尔的接济远解决不了每天三顿饭的消耗,柴米油盐,水电煤气,哪不需要钱。那个年头,大家的收入都不高,别的不说,我们所民警每月使出牛劲捐出来的那点钱,也就够撑几天的。

这时候,就有男人凑过来,今天贡献点儿吃的,明天抖搂点花言巧语。张丽华她男人就是靠一袋白面,一堆好话得手的。

碉堡不是被敌人枪炮攻破的,是被敌人喊话攻心占领的。感情攻势比枪炮好使。

7

老六他妈成了富区女人的天敌,走在路上就被吐一脸唾沫,站着等车都能挨一耳光,坐在家里,窗玻璃都被砸了。

刚开始,老六他妈挨打挨骂就知道躲进屋里哭,经常鼻青脸肿着,见人还得笑着打招呼。时间长了,她开始还嘴还手,在打工的工作丢了之后,索性明目张胆地偷人了。

她这边一开放,富拉尔基的男人就开始为她打架。派出所最有油水的活儿,不是去上线儿了,而是去老六他家抓嫖,抓打架斗殴的。张所脑袋每天都大一号。

在周一的例会上,张所要求集思广益,既要想群众之所想,急群众之所急,又要违法必究,执法必严。看我们都低头不说话,张所咬牙切齿地说:"平时的能耐都哪儿去了?不都能排忧解难吗?不都是做事又有力度又有温度吗?现在我们面对的就是新时期、新问题,考验我们广大干警执法水平的时刻到了。"看大伙还不抬头,发了狠,"谁把这个事儿解决了,我给谁请功。"

所长办公室在走廊最里头,是一个冷山,前面有遮挡,黑乎乎的,大白天也得开着灯。我敲门的时候,屋里没开灯,以为没人,稍一用力,门开了。张所坐在椅子上,黑着脸。

我问:"这功要是我立了,能转正不?"

张所回:"转正还算个事儿吗,还能当所长。"

我说:"我是说真的。"

张所回:"还能当局长。"

我说:"服了,你是我亲舅。"

解决问题的也不是我,是我妈。我妈给老六他妈介绍了一个对象,是百货大楼一楼修表的。别看是一个瘸子,不少挣钱。关键是瘸子也不想和谁过一辈子,他嫌女人麻烦,又喜欢孩子,希望用这种办法给自己留一个后。估计现在俩人都搬到一起住了。

张所眼睛瞪得老大,看得我发毛。我也知道这事儿有点问题,可这是目前最可行的办法,"这样一来,老六家的生活问题解决了,瘸子的后代问题解决了,咱们所的麻烦也解决了。不但老六他妈得感谢咱们,全富拉尔基的女人都得感谢咱们。"我看张所脸色有所缓和,又说,"这事儿也不是咱们干的,是民间行为。不是有那么一句话嘛,民不举,官还不究呢……"

张所问我:"刚才是谁在和我说话?是我那败家外甥还是咱们所民警?"

我说:"这里只有你外甥,没有民警。"

张所说:"你找我有什么事吗?"

我说:"没有啊,就是过来给你倒杯水。"

第三章

1

护理专业主要研究人体生理病理、基础医学、临床护理、预防保健等方面的基本知识和技能。就业方向是在各级医院、社区卫生服务中心、养老院等进行临床护理、社区护理和康复保健等。

对于外伤处理、清瘀、消毒等工作，一般的护士就可以，如果涉及缝合，那就是医生的活儿了，相当于一次手术。

小崔好像没听明白，还一个劲儿地求我，"宋大夫，你行行好，就帮他缝缝，走路都一拐一拐的了，他自己疼，我看着也害怕。"

我说："千万别这么叫，我不是大夫，我卫校刚毕业，上班还不到半年呢。再说，我也没有工具啊。"

小崔一边抹眼泪一边说："你用缝衣针也行，他自己就用缝衣针缝的。"

患者的伤口在大腿根部，长有三厘米，得有将近半厘米深，严重发炎，外表皮肤已经发亮，一碰，就流出黄色的脓水。患者自己用缝衣针做过缝合，用的是普通缝衣服的黑线，针脚七扭八歪。因为肿胀，针线勒进了肉里，看上去，伤口愈加狰狞。

看到这么严重，我妈不再冷言冷语，也过来帮忙。手里忙活，嘴也不闲着，一个劲儿地埋怨小崔，"孩子都伤成这样了，怎么不早去医院？你这个妈是怎么当的？这要是破伤风了可怎么办？落下点毛病，孩子一辈子就毁了。"

小崔的两个儿子一个十五，一个十二，都跟小牛犊子似的能吃能造，一顿饭一人就能干掉一电饭锅大米饭。两个孩子都不高，可一身的腱子肉，一疙瘩一疙瘩的。小子身体结实，性子也硬实，告诉我："不用打麻药，缝上就行，伤口总那么张着，穿衣服、走道什么的不大方便，要不，都不用麻烦你缝。"

小崔死活要给我钱，我不要，十块钱推来推去。她有点急眼，"你不收下，我心里过意不去，这已经比去医院便宜多了。再说了，药又不是你自己家生产的，也得要本钱。"我只好收下她的十块钱。临走时，我妈又给她拿了一塑料袋吃的，有大米、挂面和一些青菜、几个鸡蛋。

小崔男人在蹲监狱，家里就娘仨。受伤的是老大，老二一直站在门外等，没有进屋。老大不用老二搀，说自己能走，一瘸一瘸地走在小崔右边，老二走在母亲左边，三个影子，被月色拉得很长。

人回家了，影子在我家院子里停留了好久。

2

我妈说，小崔不是一个好女人，可确实是一个好妈。

小崔老家在下边农村，是嫁到富拉尔基的。那时候，肯娶一个农村媳妇的男人，要么是身体有点残疾，要么是没什么正经工作。小崔男人属于后一种。虽然男人工作不大正经，没有编制，也挣不到什么钱，可结婚后，男人不让小崔出来找活儿干，像有钱人家的阔太太那样就在家里待着。

刚开始的时候，说是害怕。她说城里的人太多了，走道总挨撞，出去一趟，肩膀撞得生疼。后来大概是待习惯了，不但不出来工作，还越来越娇气，出门买个菜都得打一把伞，怕太阳。下雨天连门都不出，怕鞋脏了。我妈说她，"土包子开花，不知道自己姓什么了。"

大伙都说，小崔男人蹲监狱，都是这个败家媳妇给害的。小崔犯的是盗窃罪，借着给银行烧锅炉的机会，从仓库偷各种账簿当废纸卖，大伙说卖的钱都给媳妇用了，你看看平时小崔穿的啥？他媳妇穿的啥？偷卖废纸都能判七年，可见这些年得倒腾出去多少。

我跟我妈说："她儿子腿都那样了，她才发现，还是一个好妈？"

我妈说："她这两个儿子也不知道随谁，都驴性，总和人打架，不管多大多小，没服过谁。"

我说："当妈的没教育好。"

我妈说："街上小孩子讨人嫌，看见他俩就骂他爹是小偷，他妈搞破鞋，俩孩子不让份儿……也是好小子。"

我说我妈："你这么喜欢他们家，你看你刚才那样儿。"

我妈说："挺好个男的，摊上这么个老娘们，白瞎了。"

3

三年后，小崔又出现在我家客厅，还是求我做缝合。

伤口位置差不多，也在大腿根部。情况也差不多，严重发炎，流了黄色的脓水。不同的是，大概是吸取了上一次的教训，患者没有自己动手缝合，对于我来说，清创程序就没有那么麻烦。但和那次相比，他们这次是晚上快九点来的，房间照明度达不到要求，只好劳动我妈再给打一个手电筒。

这一次受伤的不是她儿子，是她自己。

在整个处理过程中，小崔牙齿咬得咯嘣咯嘣响，汗水和眼泪混在一起，流到了脖子，胸口湿了一大片。她一句话都不说，倒是她刚出狱不久的男人一直说话。

"马克思说过，没有经过劳动改造的男人，就不是真正的男人。我不但劳动改造了，还在里边接受了七年的教育，在富拉尔基没有几个人敢和我比。"

"男人就得为家庭负起责任，作为男人，我的责任尽到了，为啥在里边待了七年？不就是为了这个家嘛。"

"作为女人，她没有尽到责任，就得接受教育。教育从来就不是享受，是需要吃苦头的，需要流血，要不怎么说是血的教训呢。"

我妈说："男人出来后，小崔过了几天好日子，两人又像以前那样走道都捅捅咕咕的，以前大伙笑话她这样，现在都替她高兴。男人刚出来，一时找不到什么活儿，在家待着，小崔出去干活儿挣钱养家，和以前比俩人好像是倒了个个。男人出来没几天，就最近这段时间吧，一到半夜，邻居总能听见他家传出叫声，他俩是在打架，应该是那男的听说了一些风言风语吧。"

我说："伤口太深，已经溃烂了。"

我妈说："有人撞见过她挨打，男的像打沙袋子那样子打她，嘴里还发出武打片的声音，挺吓人……听说那男的练过武术。"

我说："刚才消毒的时候，周围再多消一次好了。"

我妈说："挺好个女的，摊上这么个老爷们，白瞎了。"

我说："明天下班，我再带点纱布回来，碘酒也带点儿。"

我妈说："小崔也是好脸的人，这次是伤得太重了，应该是实在没办法了，才来找你缝合一下。这么晚来，是怕别人遇见，丢脸。"

不到一星期，小崔就不怕丢脸了，直接去我们医院了。

张主任和护士长亲自处理，没让我们插手。后来，护士长和我说："伤口溃烂，缝了四针。"

我说:"她盼了那个男的七年。"

护士长有点哽咽,"乳头都差点被咬掉了。"

我停了一下说:"男人是不能忍受戴绿帽子,还是不能忍受别人知道他戴了绿帽子?"

护士长说:"还处理了阴道异物,取出了一个榛子,一个啤酒瓶盖儿。"

我说:"应该报警,把那个男的再抓起来。"

4

警察抓没抓那个男的我不知道,反正警察来找我了。

一个年纪不大的警察询问我两次在家处理小崔外伤的经过。我告诉他们,"都过去三四年了,我不大记得了。"他们对具体处理过程不大感兴趣,倒是仔细询问了两个患者的状态,包括说了什么,做了什么动作,怎么来的,怎么离开的。

最后,那个年龄大一些的警察问:"你在处理外伤的时候,觉得她精神正常吗?"

我说:"那能正常吗?"

他俩一听我这么说,又翻开笔记本,拧开笔帽,郑重地望着我,示意我继续说下去。我说:"谁被打成那样还正常啊,小崔一直哭,快哭抽了。对了,那男的更不正常,一看就不是个东西,说话一套一套的,还一直在抖腿,抖腿说明他心虚……"

两位警察同志像看怪物那样看了我好几眼,又合上笔记本,拧上了笔帽,谈话结束了。

年纪不大的警察是和平派出所的片警,我在街上见过几次。他介绍说,那个年龄大一点的警察是齐齐哈尔监狱管理局的。

5

小崔犯的是故意杀人罪,杀的就是她盼了七年才从监狱盼回来的男人。

她还有一个帮手，是男人在监狱时，她的一个情人，是一个瘸子。俩人把男人勒死后，在厨房做了肢解，尸块分别装在几个化肥袋子里。她那个情人有一辆摩托车，一到晚上，俩人就骑摩托车出去扔尸块。她把盼了七年的男人扔在富拉尔基郊县的东南西北。

被抓时，摩托车坏了，扔在铁道旁，两人正沿着铁道线往北走，各抓了尼龙丝袋的一角，袋子里装着她男人的人头。两人听说这条铁道线可以通到莫斯科，想沿着铁路走到莫斯科去，找一个谁都不认识的地方生活。

一个警察说："一个瘸子走路到莫斯科去，够费劲的。"

另一个警察说："不是瘸子，走路到莫斯科去，也够费劲的。"

男人出狱不到两年，小崔就进监狱了。两人都关在富拉尔基监狱，男人蹲的是男监的1275号，她蹲的是女监的1268号。男人在里面蹲了七年，小崔在里面不到半年就崩溃了。

也不知道她听谁说精神病人可以不用承担刑事责任，为了证明自己是精神病，小崔窝吃窝拉，把自己弄得臭气熏天。看没什么效果，开始啃吃自己的肉。在她的认知里，只有精神病人才会吃自己的肉。几天时间，右小臂的肉就被她啃光了，露出了白茬儿的骨头。

公安机关在指定的精神疾病医院做了鉴定，出于负责任的态度，又做了走访，综合几方面的信息认定，小崔精神正常。

小崔的死刑执行时间，是在警察和我谈话的五个月后。那天下班，公交车上的人都在议论今天西山上死刑犯执行的事儿。我掏出手机，删除了那条公安系统感谢我配合调查的短信。

那天要下雨，远处的乌云如海浪一般翻滚，近处经常有燕子像子弹一样斜飞。天气很闷，人喘不上来气儿，身上的汗没断过。车到站的时候，旁边的夜市开始了，我看到一个卖烤鱿鱼的人，长得挺像小崔，头上扎了红色的头绳。笑的时候，尤其像。

我蹲在地上，哭得直不起腰。

第四章

这个北方的小酒馆,起了一个特别南方的名字,叫海棠居,想来老板是一个雅致的人。

老板雅不雅致不知道,老板娘是真的豪爽。

她进来跟我们几个说:"各位还要点什么菜吗?不点的话,我让服务员就先回去了,明天咱这儿有一个包场,有人要过生日,得提早过来布置,让她们回去睡一会儿。"

我们告诉她,"天儿不早了,我们话也聊完了。清了杯中的酒,我们也撤了。"

老板娘说:"我给各位再满一杯,我呢,先自罚一杯,潜水艇。"

一杯啤酒里沉进一小杯白酒,老板娘一饮而尽,亮了亮杯底说:"对不起,各位,刚才你们聊天,我听见了一耳朵两耳朵,你们几个说的是一个人吗?"

一个人说:"明显不是,名字就不对,我说的是小邵媳妇。"

一个人说:"不是,我说的是老六他妈。"

一个人说:"当然不是,我说的是小崔。"

老板娘说:"我也认识这样一个人,经历和你们说的人差不多,也是农村嫁到城里来的,也是犯了杀人罪。但不是和别的男的,是和他大儿子一起干的,杀的也是自己老爷们。还有就是她没装精神病,说话嘎嘣脆,有刚儿。执行那天,临上车,还跟狱警开玩笑,让给她留一个门,晚上好回来一起喝点儿。"

有人问:"你说的这个人叫什么?"

老板娘说:"我们都叫她小翠。"

一个人说:"小邵媳妇有没有可能姓崔?"

一个人说:"老六他妈有没有可能叫小翠?"

一个人说:"都有可能,也都没有可能。"

老板娘说:"雪停了,我跟你们一起走。等我锁下门。"

雪后空气新鲜,走走路,对身体好。没走几步,就忘记了刚才都说了什么,好像说了很多,好像什么都没说。

疼痛的秘密

1

在邱振河死后第二十九天,我收到一封他发来的电子邮件。

当时,我开着那辆三手的现代排队等着加油。新闻里说,新一轮的成品油调价窗口将于今晚二十四时重新开启,加满一箱油得多花十一块钱。看来很多人和我一样,赶在涨价前,先填满一箱油再说。好像这样就约等于占了国家十一块钱的便宜,有便宜不占王八蛋。

加油站前排起了长队,前面一溜红色的车尾灯,怎么也得有二十几辆。后边黑压压的排得更长,都像害怕受风似的紧闭车窗,车里黑咕隆咚,一帮赶着去占便宜的人脸上白惨惨地映着手机的荧光,手机屏幕闪烁,像是人游移不定的表情。

我关上车窗,继续刷抖音。一个男人晃着脑袋在吃播,一个女人扭着屁股跳舞，一只小狗跑过一片农田，在叮叮咚咚的音乐声里，路过野花、闲草和低垂的麦穗。

邱振河的邮件就是在这时候跳进来的，是一个陌生的地址，刚开始我还以为是垃圾邮件，扫了一眼，内容很短，大概意思是要我去照顾一个人，留了一个地址，末尾还规规矩矩地写了"此致，敬礼"，落款是"邱振河"。

对了，邱振河是我爸。

后面的车挨了一脚似的尖叫，我松了手刹，往前挪几步，去填满刚刚空出来的位置。何建华的电话就在这时候进来了，他问："干啥呢？"

我问："干啥？"

他贱兮兮的声音传过来，"告诉你啊，我请了一个年假。"

我故意问："年假又是哪路大神，请它干啥，你要作法啊？"

何建华心情不错，不搭理我的挑衅，"作法也得去丽江作啊。"

何建华是我在北京认识的第一个人，那时候我俩都在一家互联网公司工作。公司的主要业务是版权保护。我的工作内容就是给各个报社、杂志社、出版公司、广告公司打电话，说你们的字体侵权了，具体怎么侵的权，怎么个处理程序，稍后我们的律师会找你们谈。

何建华就是我们在电话里说的律师，凡是在电话那头露出一丁点儿犹豫的，都会接到我们公司律师的电话，解决的办法无一例外都是赔偿。具体金额，得看对方的态度。能多要，绝对不能要少了。但也不能要太多，要到对方出不起的地步，这活儿就砸了。

在行业里，大伙管这叫收口儿，管干这事儿的人叫收手。刚开始我以为何建华这个收手是个冒牌货，后来知道是西南政法大学毕业的，绝对的科班出身。我就服他这一点，学的是法律，干的却是试探法律边界的工作。

公司一共也就十几个人，像何建华这样的律师有七个，何建华业绩很稳定，一直排在公司的第七名。

离开了那家公司后，我俩成了室友。在亚洲最大社区天通苑里，我俩合租了一室一厅，他住室，我住厅。房租他出大头，我出小头。虽然住的地方一共也不到五十平方米，但我们志向远大，我们都坚信在未来五到十年里会实现财务自由，接下来的生活就是恶狠狠地实现理想。我喜欢看书，理想是开一家书店，卖我喜欢的书，聂鲁达全集得摆在门口最显眼的位置。何建华从来都比我大气，他的理想是世界和平。计划是从丽江出发，走遍全世界，一村一个丈母娘，二十年后，"都是一家人了"，"止戈散马，世界大同"。

最近何建华跟我说，其实生活一直在那儿，在等着我们去享受呢，让生活等太久，是不是不太好，反正财务自由是早晚的事。我怀疑这段时间他攒下了点钱，最近吃面条他都敢要两份牛肉了。

我没好气地回他，"没时间。"

他在那头大笑，"大哥，你一个失业新贵，最富余的就是时间了吧。"

我问他，"你不只是请了一个年假吧，是不是还请了一个邮件？"

趁他没防备，我赶紧还了他一句，"我才是你爸爸。"

八点多的时候，我俩一起去楼下的刀削面馆吃饭，他又提去丽江的事，我也有些动心。我一周前刚离职，下一份工作还没着落，出去散散心也好。只是作为室友，已经是天天见面了，出去旅游还混在一起，多少有点腻歪。

何建华是山西人，喜欢面食，一吃面，就露出六亲不认的嘴脸。认识没多久，我就发现了他这个毛病，护食，跟狗似的。今天有些异样，倒醋的时候，他头不抬眼不睁地说："爸爸，去，再添一碗白水羊肉。"

我气得又往碗里加了两勺辣椒酱，回他，"该你的？"

他说："你今天给我当爸爸，白当啊。"

一提起这事儿，我又有些气愤，"是不是你先在邮件里挑衅？"

他抬起头又问："什么邮件？"

看他一副人畜无害那样儿，我气儿愈加不打一处来，"去你大爷的。"

他放下筷子，正色道："邱岩，你骂我爸可以，骂我大爷不行。我大爷对我好。"

我就愿意碰他的软肋，回他，"你骂我可以，骂我爸也可以，当我爸不行。我爸是混蛋，你有那资格吗？"

我给他看了邮件，何建华严肃起来，"没准这就是你爸写给你的。定时发送呗，这玩意儿想定啥时候都行。"

看样子不是何建华干的，可我也不相信是邱振河干的，"邱振河开了一辈子出租车，只知道油箱，连电子邮箱是什么都不知道，还定时，你怎么不说他是武林高手、隐形富豪呢？"

"没准啊，邱岩，这个他要你照顾的人，没准就是一个XXL号的土豪，没准你就率先实现财务自由了。兄弟，苟富贵，勿相忘啊。"何建华跟吃了耗子药一样越说越兴奋，"哎，不对，看这人名字应该是个女的，有没有这种可能，这个才是你亲妈，其实你是流落民间的富二代……"

看我的眼神像刀子一样在他头顶盘旋，何建华识相地选择了闭嘴。

我吃完面，扔下筷子，"不知道哪个王八蛋跟我闹，也可能是发错了。这顿饭钱，你付。"

何建华嘀咕："你们有钱人，真是越有钱越抠。"

2

"你们有钱人，真是越有钱越抠。"

二十九天前，在哈尔滨向阳山殡仪馆，一个老大爷听说我是从北京赶回来的，跟在屁股后面推销一种红酸枝材质的骨灰盒。讲了半天什么卯榫结构啊，什么纯手工制作啊，什么冬暖夏凉啊，看我无动于衷，有些义愤填膺，"就不能给你爹，请一个好点的家？你咋当儿子的？怎么跟两姓旁人一样。"老头真生气了，胡子都跟着哆嗦。

我是被片警叫回哈尔滨的。他先是在电话里询问我的信息，再询问我爸的信息。关于我的信息无非是姓名、年龄、身份证号、居住地址、工作单位等等。询问我爸的信息，问得更多的是："身上有没有胎记""是否镶过牙""文没文过身""有没有疤"之类的。问我的信息像是在打听一个人的情况，问我爸的信息就像是询问一个生物的特征。

那是8月的一个大晴天，我站在医大二院的大厅里，阳光像下雨一样劈头盖脸往身上浇，我走不开也躲不掉，鼻尖鬓角手心,微微的汗。对面的警察年纪不大,嘴唇的绒毛旺盛但柔软,随着说话上下跃动。警察同志应该有更着急的事儿,常常是上一句话还没说完就急着说下一句,语意折叠,发音含混,我只得收回眼睛,支棱起耳朵仔细听。

直到那个我应该叫爸的人,被推入火化炉里,我还是蒙的。

警察跟我说的是:"邱振河同志醉酒驾驶电动车,意外坠入松花江,发生不幸。"

按照惯例,我应该恶狠狠地大哭一场才对,可直到今天我也不记得那天到底掉没掉眼泪。一个比我爸死了更严重的问题攫住了我,我发现,我和我爸好像不熟。

我小的时候,他开出租车,开始是白班,晚上六七点回家。回来也不说话,经常连公司那身皱巴巴的制服都不脱,就着电视剧,一口杯白酒,能喝一两个钟头。有他在,我吃饭的时候不敢狼吞虎咽。他不大责骂我,可经常用眼睛盯我。他的眼睛里有子弹,他一盯我,我就浑身发毛。估计八路军用三八大盖瞄准日本鬼子,也无非就是这种感觉了。

我长大后，他还在开出租车，开始白班晚班一起干。我晚上睡觉的时候，他还没收车，我早晨上学的时候，他已经在卧室里睡觉了。我起床上学不能弄出一点儿响动，我妈说，要是吵醒他，他这一天的觉就毁了，出车没精神，耽误挣钱。

我不但和我爸不熟，我对我们老邱家好像也不怎么熟。最多就是有一次我想改名，我爸不让，"你太爷名字里就有一个臣字，你再改成臣字，是想欺师灭祖吗？你个丧良心的东西。"

邱振河也就是说我能耐，他自己做的还不如我。

我记得小时候家里供过祖宗，在靠墙的一个柜子里，平时锁着，过年的时候打开，按着脑袋，让我磕头。很多细节我都记不清了，只记得案上昏暗的香火和通红的苹果。有一回过年，我总觉得少了点什么，屋里屋外找了半天，才发现柜子已经不再上锁，供奉的牌位和香火也都撤掉了。要不是淡淡的香味儿提醒，好像一切都没有发生过一样。

以前住平房的时候，过年煮饺子，我妈会在房顶、院子里和锅里各留下一个饺子，给天、地和祖宗吃，保佑我们平安有钱。搬进楼房以后，找不到房顶和院子了，就都留在锅里。我妈说这叫压锅底儿，也能起到保佑的作用。我怀疑，那不是都给祖宗了嘛，天和地吃不着，会不会生气。

来到北京之后，有人问过我老家在哪儿。好像大家都有这种感觉，离家之后，家才变得重要，才想起来去追溯家族的历史。

我说是东北。他们再问，你爷爷就是东北的吗？看我一脸茫然，就解释说土生土长的东北人基本都是少数民族，像是达斡尔啊、鄂伦春啊、满族啊，你是汉族，不大可能是东北本地人。回家问问，祖上是逃荒过去的还是发配去的，发配去的就没法说了，要是逃荒过去的，要么是山东人，要么是热河那边的，跑不了。

那段历史对于我太过遥远了，我人生记忆的起始点是四岁，那时候我家还住在哈尔滨先锋路一带的平房里。出门往左，不远处是一个公厕，常年散发着一股无法言说的味道。出门往右，不远处有一个小公园，对于附近的居民来说，这个公园也可以是厕所，散发着另外一股无法言说的味道。

初三那年动迁，我们家搬进了现在的楼里，三楼，带厕所，没有客厅，这是我对老家所能做到的最远的追溯。

就在我爸被推进火化炉那一天，梗塞在心里的那个疑问露出了轮廓，我失去了探索自己的机会。

我和我爸上一次见面还是三年前，我对他的视觉记忆竟然是两个圆球。

大学毕业后，我在哈尔滨晃荡了两个多月，没找到合适的工作，就打算去北京看看。走之前，想回家取点东西，再给我妈上一炷香。

敲了半天，也没人开门。我翻了脚垫，摸了门框，没找到备用钥匙。趴在门缝半天，也没听见电视声儿。邱振河不大出门，一出门就不知道什么时候回来。我一时气急，奋力狠踹了两脚，吓得灰尘纷纷挤出门框，骑着巨大的回声在楼道里乱撞，呛得我也跟着咳。

太阳快下山的时候，邱振河才回来。我先看见的是两个圆球，朝我的方向平行移动。再近一点，是邱振河骑一辆电动车驶来，一个球是他的光头，一个球是他卷起背心露出的大肚皮。日暮虽近，阳光还斜坠在楼顶，余晖映照在两个球上，一大一小，泛着光。

邱振河看到了门上的鞋印，什么都没说，开了门，没换拖鞋，去冰箱里取了一瓶格瓦斯，冰箱门都没关，仰头咕咚咕咚地喝。要是我妈还在，他这样肯定又招来一顿骂。

临走前，他和我说了那次见面说的第一句话，也是他这辈子面对面和我说的最后一句话，"前两天出门，忘带钥匙，找老五新换的锁。"他没给我新的钥匙，我也没要。

我爸死后第二十九天，在那封来路不明的邮件里，写了一句话，看得我头皮发麻，"父子一场，最后求你一件事，替我照顾一下佟雪梅。"

3

何建华说得对，"最后求你一件事"后面的那个名字，怎么看都应该隶属于一个女人。世界上任何一个爹都不可能让儿子去帮这样一个忙，我爹就可能。

我妈活着的时候，不止一次地和我说，邱振河对我这样，其实不怨我，要怨就怨我是个带把儿的。他一直盼着生一个女儿，知道生的是个儿子，看都没看一眼，转身出车去了。我妈不止一次地和我抱怨，不是人的玩意儿，你们老邱家有接户口本的了，他这样。

在很长一段时间里，我都觉得我跟我爸这事儿和我带不带把儿没多大关系。邱振河就是不喜欢男的，作为男的，他连自己都不喜欢，整天丧着脸，一辈子都活得带死不拉活的。

邱振河难得的一次大笑是把开了好几年的车从公司买断那天，扯着嗓子和我妈说，"不用给人家卖手腕子了，以后开自己的车了。"

那天他喝酒，张罗着让我也喝一口。我记得一口下去，一道火线钻进肚子里，热、辣、烧心烧肺，但不苦。当然，也许是我记错了，因为那天还发生了一件事，比酒还冲，我一直没和我妈说。

也许是喝了一口酒的关系，我那天有点得意忘形。邱振河看电视的时候，我也凑过去，手把在父亲的腿上。电视里演的什么不记得了，只记得他猛地打开我的手，不让我碰他，说"手埋汰"。他一个抢方向盘的，手劲儿大，我的手背红了好几天。

从那天开始，我才正式怀疑他是不是我亲爹。

说真的，我现在倒愿意我爸另有其人，起码不是邱振河就好。他这个爹，总在关键时刻给我丢人。

大二的时候，我带两个女同学回家，我正追其中一个，我估计差不多了，彼此都有意思，再使使劲儿就互相都到手了。她俩都是南方人，我和她们说东北最好吃的烧烤就是在家里烤的，我答应带她们长长见识。

那时候我妈去世还不到一年，邱振河已经不出车了，仗着车是自己的，他雇了两个司机，分白晚班轮换。白班一天交给他一百一十块钱，晚班一天交给他七十块，扣掉他每天交给公司的七十六块，一天还能剩下一百零四块钱。靠这每天一百零四块钱的进账，邱振河窝在家里，过起了养老的生活。

烧烤备料的时候，邱振河还正常，上手配料，腌制，忙忙活活的，还张罗着给我们再做一个油焖尖椒。他说得去小市场再买点辣椒，这个辣椒不对，油焖尖椒得有点辣味但又不能太辣，得是东北本地种的那种小尖椒。

这边开始烤了，他那边开始作妖了，四处翻腾，让我们挨个儿抬脚看看鞋底粘没粘东西。他说养了一个多月的蝈蝈怎么不见了，是不是让你们几个给踩死了。

吃饭的时候，我们都没怎么说话，不知道她俩怎么样，反正我心里像是蹦进了一只蝈蝈，抓挠得人心烦。电视在一旁开着，一个小姑娘在里面唱一个外国歌，光着脚，握着拳头，嗓门挺大，光听不看，还以为是外国人，也让人心烦。

等吃了一会儿，我爸慢条斯理地说："刚才啊，我下楼，看见二楼那家的媳妇在遛她的小泰迪。她给那狗收拾得挺好，穿了一个外套，喂狗吃火腿肠。别看小狗个头小，还挺能吃，不大一会儿就吃了两根。"

我爸那天说话抑扬顿挫，慢慢悠悠的，像是在讲故事，我们几个支棱起了耳朵，想知道后来怎么样了。邱振河看我们都听进去了，换成了一副悲从中来的样子继续说："我就想啊，人家的稀罕物都能和主人在一块，我那只蝈蝈咋就没了呢？"

我跟何建华讲过，用东北话说，邱振河这就是没有老人样儿，不正经，恶心得我一口都吃不下了。估计那俩女生和我差不多，那天吃完饭，俩人都再也没理我。我一度怀疑，她们是不是怕我爸再找她们要蝈蝈。

我在北京三年，没回过家，也不大和他联系，邱振河倒是一反常态，没事就给我发短信，还是一会儿神一会儿鬼那样。他怀疑自己得了什么大病，过两天说胳膊疼，过两天说腿疼，让他去医院看看，又不相信医生，说他们啥也不是，就知道让去做检查，"是机器给看病还是人给看病？"他说大夫使劲给他开药，骗他多花钱。

邱振河经常半夜给我发信息，都是一些乱七八糟的破事儿，有一次问我怎么查社保卡里的钱，他怀疑这个月社保局没给他打钱。我有时候回，有时候不回。

我到底还是低估了邱振河，谁能料到，临了临了，他还给我整了这么一出。我不相信他死后还要我去照顾的那个人和他是纯洁的友谊，可我也不大相信他那么样子的一个人竟然外面还有人。这也激起了我的好奇心，一个能让邱振河死了都还惦记的人到底是什么样？

何建华在一旁说，要是我的话，我就去会会她。

4

喀秋莎疗养院位于黑龙江省齐齐哈尔市的富拉尔基区，是一栋老式的苏联建筑，一共四层，刷了黄色的涂料，顶部嵌有一个红五星。五个角还能看出是红色，中间凸起的部分露出了水泥的灰色。一个铁栅栏门，围起来一个小院子，院子里零散矗立着几棵白桦树。正值秋天，树木高大，树叶橙黄，在风里摇曳出声。

停车的时候，一辆三轮车慢悠悠地经过，差点轧到我的脚。蹬三轮的是一个老头，满脸丘壑，须发皆张，拉长了声调吆喝，"清洗排烟罩喽，哪家清洗排烟罩啊？"车慢，声音更慢,人已经不见,吆喝声还留在院外游荡。

推门进院,除了惊起几只分不清是喜鹊还是老鸹的鸟,没有受到任何阻拦。直到进了一楼,一个胖胖的女人悄无声息地出现,手里像拎着一根木棍一样拎着一个iPad,一脸的阶级斗争,拦住我问:"你找谁?"还没等我回答,她转头喊:"老李头呢,上班时间又死哪儿去了?怎么随便让外人出入。"声音洪亮,如一只误入的鸟,在走廊里横冲直撞、叮当作响。

我按照邮件上说的回复她,"我找佟雪梅。"她明显紧张起来,下意识地抱起双臂,"你是她什么人?你怎么进来的?"我用一种捉奸在床的眼神盯着她,冷笑了一声,"请问,您贵姓?"

在后来的很长一段时间里,我总是能想起这个近午的时光。每次想起,都像是从阳光的室外进到室内的阴凉里,一身地清爽。我记得那栋举架很高的楼里很安静,在女人说话的间歇,能听见屋外的风声和树枝碰撞的声音。

她也愣了一下,惊讶过后,仍然臭不要脸地迎着我的目光上下打量，少顷恍然大悟似的，"啊，你啊……好几年没来了吧？叫我张姐吧，老院长退休了，现在我负责喀秋莎。"她用胳膊肘有意无意地撞了我一下，换上一副很神秘的样子说："我都听说了。"她用 iPad 指了指走廊左手边的位置，压低了嗓音，"让她搬到 103 了，去年搬下来的，死活不住 302 了。还是不让人进屋，我们都是趁她去院子里晒太阳的时候才能拾掇一下。你去给她收拾收拾，趁着她还没出院，把那些没用的玩意儿该扔的扔了，那屋子造的。消防现在管得可严了。"又补充了一句，"你扔，她不能急眼。"

一个老头踢里踏拉地跑过来，应该就是张姐喊的那个老李头。等看清我的脸后，他也毫不掩饰地愣了一下，露出和张姐一样的表情。

103 室也就二十平方米大小，一张床占据了大部分空间，床上的铺盖随意堆放。看得出来，褥子铺得很厚，显得床有些高。正对着床摆放了一张梳妆台，桌上摆满了瓶瓶罐罐。梳妆镜上贴了一个喜鹊登枝的剪纸，已经卷了边，掉了色，喜鹊站得摇摇欲坠。

房间的其他地方堆满了纸壳箱子，最下面的几个已经压扁，上面的几个歪斜着，一副随时塌倒的架势，这应该就是张姐说的那些"没用的玩意儿"。房间里最显眼的是窗台上竖放了一个手风琴，用一个红白格子布遮盖着，露出黑白的键钮。

时值午后，阳光越过防盗窗，倾洒到室内，床单上分割出或明或暗的倒影。

眼前的一切让我忍不住想起我妈，我妈的房间也有这么一个梳妆台，也是摆放在床边。打我记事儿起，我妈就是胖胖的样子，没有认真管理过身材，我也从没见过她坐在梳妆台前捯饬过自己。

在这一瞬间，我有点后悔，就因为一封莫名其妙的破邮件，我不但拒绝了跟何建华一起去艳遇之都，独自开了一千多公里，现在还进到一个陌生女人的房间。虽说是还没见到人，可眼前无数的蛛丝马迹，都在提示我答案已经出现。也或许，在出发的那一刻，我就已经知道了答案，我上路寻找，不是为了验证答案正确，而是想求证答案不正确。很明显,眼前这个答案应该不是我想要的那一个。

此刻,我能听见阵阵的风声和咚咚的心跳,屏住呼吸,还能听见暖气管里有水流的声音和断断续续的敲打声,能听到工人远远的说话声,大多数时间都是模糊的,偶尔才有一两句梦一样飘过来,在进入耳朵之前,扭曲、消散在空气里。大概要供暖了吧。

现在走还来得及,那辆三手现代就停在院外,油箱里还有半箱油,足够我跑到山海关。在那儿随便找地方对付一宿,第二天就能回到北京。只要回到北京,我就仍然是一个都市白领,眼前的一切,我都可以当作没有发生。

这世界上这么多事,有一些事,只要你不碰,就约等于没有发生。

5

"这世界上的这么多事,不是说你不碰,就等于没有发生。"

跟我说这句话的女人，穿了一件驼色的羊绒大衣，脖子上系了同样颜色的围巾，显得很精致。脸也很精致，只是精致得让人总觉得哪儿有毛病。以我有限的面部保养知识判断，应该是被化学药剂长时间腌制后的结果。她穿了一双高跟鞋，可我竟然没有听见任何进门的响动，我是感觉到后背出现被人紧盯的刺痒之后，才从一堆纸箱中抬起头，在这个陌生女人的脸上，再次看到了一个熟悉的惊讶的表情。

她很快摘下一脸的惊讶，揣进兜里。女人摇摇头，苦笑了一下，"我还以为穿越了，你和邱振河年轻时候一模一样。"

我尽量按捺住敌意，"是吗？都说我和我妈长得像。"

她认真端详我，"你妈是圆脸，你爸是长瓜脸，你还是像你爸，都是吊眼梢。"

我惊诧，"你见过我妈？"

"没见过本人，见过照片。"

"我妈知道有你这个人吗？"

她终于明白我误会了，笑道："你妈知道我干啥，我又不是佟雪梅。"

她问我,"你不好好工作,来这里干什么?"

我一时语塞,不知道从何说起。

她笑了,"我知道你来干什么,干活儿。"

她指挥我把室内的纸箱子都搬到车上,很着急的样子,不停地催,把老李头也叫过来帮忙。搬到最后一个纸箱时,她打了一个电话。举着手机,催促我按照导航走。富拉尔基不大,开车十来分钟,就拐进一个小区。她又指挥我把纸箱搬到一个三楼的房间,堆好,才长出了一口气。

看我满头大汗,她终于露出一丝愧意说:"去吃一口饭吧,我请你去富区最有名的饭店。"

老李家砂锅筋饼店在轻工市场对面。她和我说,这家的筋饼和别人家做得不一样,他家是半烫面的,醒面的时候,用保鲜膜包上,做出的筋饼又薄又筋道。他家的圆葱蘸酱也是一大特色,老板会做生意,最大的特色不卖,赠送,没多少本钱,可召回了一帮回头客。我记得那天的店里弥漫了一股特殊的味道,像是一种熬制了很久的老汤,坐在店里,人也像是成了老汤里的一味调料。

这个女人叫王雪,是佟雪梅的闺蜜,两人都在富拉尔基二中教语文,是一个教研组的。佟雪梅是提前退的休,王雪是前年退的。上班的时候,把着一个死身子,没办法,现在时间多了,就总往雪梅那儿跑,主要是陪她多说说话。雪梅还有一个朋友老柴,也经常到喀秋莎来看她。老柴的功能除了唠嗑,还经常帮着雪梅取个社保啊、买个药什么的。"老柴也是我们十几二十年的老朋友,他在文化馆工作,时间充裕。"

他们都认识我爸,见过几次,印象不错,"你爸是挺厚道的一个人"。

老李家砂锅的收银台上方斜吊着一个小电视,我们刚进去的时候,一个女孩子在画面里唱歌。和王雪没说几句话,音乐时间结束,电视开始播放新闻,好像是在一个叫依兰的地方发现了大量的恐龙足迹化石,说这是我国第一个大规模早期白垩纪恐龙足迹点。

一个男主持人收腹挺胸,双肩紧绷,一本正经地播报,

"依兰恐龙足迹群包括五条行迹，共计七十个足迹组，包括平行的蜥脚类恐龙行迹、三趾型鸟脚类行迹、延长的三趾型兽脚类行迹。这些恐龙足迹数量多、保存好，对探索恐龙行为习性、生活环境等具有重要意义。"

我说："这些恐龙烦不烦人，死了这么多年了，还出来给学生增加知识点。您觉得，今年中高考，会考这个事儿吗？"

王雪说："你吃一个酸菜白肉锅吧，他家的酸菜都是杀猪菜，大锅炖出来的，味儿正……恐龙烦啥人，恐龙最喜欢人了。现在不行了，人都被化学药剂腌完了，估计恐龙都不喜欢了，味儿不正了。"

我说："那就来一个酸菜白肉吧。恐龙没想到有犯到人手里这一天吧，那么大个子，死了那么多年，被人翻来覆去地研究。"

坐在我们斜对面的一桌是三个男的，脚下已经堆了十几个空瓶子，桌上还有几瓶，都开了盖儿。背对我的那个人喝得差不多了，动作有点大，总碰到手边的一个空瓶，碰倒一次，就发出一声脆响，骨碌出去，他追过去，捡回来，摆放在原来的位置，不一会儿又碰倒，再去追，如此反复。三人在打酒官司，声音很大，吵吵谁喝得多，谁刚才少喝了一口。

王雪把眼睛从对面收回来，回答说："那有啥用，谁还能管到死后的事儿。儿孙自有儿孙福，一代人管不了两代的事。"

6

既然一代人管不了两代的事，那就说说这一代吧。

王雪和佟雪梅认识有二三十年了，两人是同一年进的富拉尔基二中，都分在了语文组。那年二中同时进了五个应届生，王雪和佟雪梅名字中都有一个雪字，都在一个办公室，脾气相投，很快就熟络起来。

王雪说，虽然那时候已经开始工作了，在学生面前都绷着脸，做出老师应有的样子，可私底下还是个孩子，怀揣了很多现在看来乱七八糟的心事。比如王雪和当时的男友正异地恋，他是哈工大毕业的，去到上海的一家高新科技企业工作，一直想让王雪也去上海。王雪也真的去过一次，看到男友租的小房子，连厕所都没有，厨房是公共的。门口有很多灯绳，问了才知道，是一家一个灯绳，连着各家的电表，谁家去厨房，拉自己家的灯绳。看着破乱，但分得清清楚楚。两人早餐去吃包子，发觉包子馅儿是甜的，更加万念俱灰。

王雪说，雪梅那时候比她成熟，当她还在和前男友藕断丝连的时候，佟雪梅已经和大学男友分手，开始在富拉尔基相亲了。

毕业不到两年，佟雪梅就结婚了，是一起进二中的几个人里最早的。男方条件也好，在交通局工作，个子虽然不高，但长得精神，一看就是将来能有出息的样子。王雪说，在佟雪梅的婚礼上，她对交通局这位新郎印象不深，反倒是让她知道了有邱振河这么一个人。

趁着下婚车的时候，佟雪梅塞给王雪一个电话号码，让给这个号码发一个短信，内容是："别送了，我到了，你保重。"

交通局那位会来事儿，人缘好，结婚那天来的人多，迎亲队伍排得老长，都是清一色的奥迪，统一的黑色，倒车镜上都系了红绸子，打着双闪，浩浩荡荡的一个长队，相当壮观。王雪说，她发完短信后，往队尾眺望了很久，骑电瓶车的、走路的、骑自行车的，大家都各走各的路，看不出谁的手机刚刚收到了那个短信。

那个叫邱振河的人，是佟雪梅的高中同学，学校全称是依兰县第二高级中学。

7

依兰二中开学第一天就军训，说是军训，也不太正规，无非是训练一下站队，走步，向左转，向右转。象征性地训练了一个多小时，接下来就是玩儿，教官带着新生做游戏。

东北的9月份，早晚已经有了凉意，可是中午的时候，太阳仍旧像夏天时候那么烈。一天下来，出了一身汗，结束的时候，大家都跑到门卫室旁边的自来水管洗脸。佟雪梅做什么都细致，收拾东西慢，去的时候，人散得差不多了，只剩一个人把头伸到水管下冲水。雪梅站在后边等，看到男生戴着眼镜，水溅到了镜片上，就提醒，"先把眼镜摘下来。"

就是这么平常的一句话，改变了后来的很多事情。佟雪梅对王雪形容说，就像一根铁条，偶然卷入到高速运转的齿轮中间，在后来回想的时候，我们不得不感叹迸溅出的火花有多耀眼就有多伤人，但我们在当时都无能为力，只能任由着发生，人们管这叫命中注定。

那个把头伸到水管下冲水的男生就是邱振河，是个农村生。高中第一天军训，是他第一次接触篮球，看着挺简单，可出尽了洋相，同学的大笑像鞭子一样一次次地抽打他。一天下来，邱振河心情沮丧，对城市又多了几分敌意。洗脸时，故意磨蹭到最后，不想见人还是碰见了人。雪梅不知道，她说的那句话和她说话时的样子，让邱振河流下了泪水，眼泪和水一起流到脸上，在水管下反复冲洗好久。

王雪分析说，如果没有佟雪梅，邱振河坚持不到高一结束。高一念了一年，邱振河的成绩仍然一塌糊涂，最显著的进步就是会打篮球了。农村孩子身体素质好，能跑，跳得高，打得还不错。每次投中后，第一时间望向佟雪梅。如果这时候雪梅也恰好望向他，他会高兴很久很久。

按照佟雪梅的说法，她当时并没有发觉邱振河对她的感情，只是因为上学第一天单独说过一次话，两人就像拥有了一个共同的秘密，和别的同学相比，在心理上亲近了那么一层。

雪梅曾经给邱振河写过一张字条，写了几句劝他珍惜机会，要好好学习之类的话。还摘抄了一句名人名言，好像是什么"业精于勤而荒于嬉"之类的。趁放学没人，塞到他的书桌里。第二天，佟雪梅早早到了学校，又从邱振河的书桌里取走了那张字条。

是什么心理最终让她又拿回了那张字条，佟雪梅说她自己也不清楚。给邱振河写字条，只是觉得他挺聪明的，就是不往学习上使劲儿，有点儿可惜。在后来的很多年以后，看邱振河工作那么辛苦，雪梅自责说："当初不拿回那张字条好了，说不定他一努力，就考上大学了呢。"

可是人生哪有什么如果啊，高一期末的最后一天，考的是英语，邱振河没有参加考试，一个人在操场上玩篮球。大家在答题的时候，能听见他投篮的声音。声音很大，一声一声，在天地间回荡，撞得天上的浮云聚了又散。

晚上放学，就等于放假了。走读生和住校生都回家，加上来接孩子的家长，一大堆人聚拢在校门口。邱振河背着大书包，和大家一起放学。再开学的时候，同学们回校报到，只有邱振河没有回来。

王雪说，他们隐秘而模糊的爱情，就像这世间的农作物一样，刚好经历了一个四季。

邱振河辍学了，在一些农村生的眼里，这是再正常不过的事了。上学，从来就不是他们人生计划的一部分，上再多的学，不也得出去打工挣钱嘛。那个时候，在他们中间流传一个说法，上学太多，耽误挣钱不说，读书人，容易骨头软，干活不爽气，无论哪朝哪代，一副好体格子才是最值钱的。

但是邱振河并没有像他说的那样到广州打工挣大钱去，

而是在依兰当地一家汽修厂找了一份工作,给人换轮胎。没活儿的时候,也负责洗车。为了方便,冬夏都穿着一双胶鞋。据遇见过他的同学说,邱振河现在挺好,学什么都快,干活也利索,换一个胎,也就一会儿的事。白天不太忙,活儿不累,晚上经常去网吧,打游戏,看电影,一待就是一宿。

就像两条河流,从某一处汇聚,又从某一刻开始分叉,佟雪梅和邱振河安静而坚决地朝着自己的方向奔流,仿佛不会再有交汇的时刻。

8

让佟雪梅想不到的是,两条看似永无可能交汇的河流很快又汇合了,汇合点是在距离依兰二百多公里外的哈尔滨。

佟雪梅说她看见邱振河的时候,几乎不敢相信自己的眼睛。那是她在哈尔滨师范大学军训结束后的第一天,一出校门,就看到邱振河穿着一件黑T恤,一条牛仔裤,站在秋天的阳光里冲她笑。有那么一瞬间,佟雪梅以为时光倒流,又回到了高一那年，两人还站在那根水管前，她甚至能听见秋风像水管里的水那样在身边汩汩地流淌。

邱振河对她说，他在哈尔滨宣化汽配城干活儿，也在南岗区，离师大不远。他现在是大工，开始带徒弟了，工资高，吃住在厂里，能攒下钱了。

佟雪梅领邱振河参观哈师大校园，还请他去二食堂吃了一顿饭。邱振河撕撕巴巴坚持要付钱，说自己挣钱了，你还是学生，后来看到是用饭卡，不收现金，才悻悻作罢。佟雪梅说，那次见面觉得邱振河变化很大，壮了，肩膀变宽了，脸也黑了很多，原来腼腆害羞的一个男孩儿，明显话多了，话里话外透着愤世嫉俗。

邱振河请佟雪梅看过一次电影，名字叫《泰坦尼克号》。银幕上，杰克拉着露丝在水里奔逃的时候，佟雪梅哭得鼻涕一把泪一把的，邱振河在一边睡着了。就是在那次看完电影不久，邱振河知道佟雪梅在大学有了男友，就不再出现。

佟雪梅结婚那天，总觉得身后悬坠着一双眼睛。即便是坐在婚车里，也被那双眼睛盯得后背有隐隐的灼烧感。她抓住交通局那位的手,头抵在他肩膀上,浑身止不住地抖。

这种感觉在高中最后两年就出现过,晚自习放学回家,佟雪梅总觉得有人跟踪,可每次回头,都只有稀疏的树影、零星的行人和斑驳的月光。这些美丽的词语一旦从语文里跳将出来,散落到故乡夜晚的街头巷尾,竟然面目狰狞,令人恐惧。

佟雪梅高中生活的最后两年,是在拼命学习和拼命蹬车中度过的。

婚车到酒店后,趁着交通局那位先下车去开车门,她把邱振河的电话号码塞给王雪,要她发一个短信。短信发出去后,没有收到任何回复。她知道,就是他了。

9

王雪说,她第一次见到邱振河,是在佟雪梅宫外孕大出血手术之后。雪梅发信息让她赶紧来医院一趟,立刻,马上。她和别的老师串了课,还着急忙慌地绕到新华路上的甜品店打包了一份烧仙草。雪梅爱吃这个，念叨了好久，现在快出院了，应该可以吃一点了。

佟雪梅塞给王雪五百块钱，告诉她邱振河来了，在楼下，让她赶紧下楼，请邱振河吃一顿饭，吃完了，赶紧送他走。慌乱之间，王雪看到雪梅床边的柜子上也放了一份烧仙草，她没问，但她觉得应该是邱振河送的。

在富拉尔基医院住院部正门的花坛边，王雪第一次见到邱振河。那天花坛边还有几个人，有锻炼的，有抽烟的，有唠嗑的，可她一眼就认出了他。她说那时候的邱振河和我现在的年纪差不多，但明显憔悴，眼底通红，一身的烟味儿。穿了一件白衬衫，旧，领子有汗渍，但还算立整。蓝色的裤子，起了很多皱，穿了一双灰色的运动鞋。

邱振河仔细询问了雪梅的手术情况，听到她摘除了子宫，以后再也无法怀孕时，眼睛里闪过一道绝望的光。他是从哈尔滨赶过来的，开了一宿的车，站在楼下看了一眼雪梅的病房，说得回去了。"临走，硬塞给我三千五百块钱，让给雪梅多买点营养品。"

王雪给我看手机里佟雪梅年轻时的照片，一个二十多岁的女孩儿，大眼睛，鼻子挺拔，头发鬈曲，小鹿一样，望着镜头。

　　雪梅结婚之后好几年，邱振河才结婚。和同龄人比，算是晚婚，要孩子也晚，所以你看你现在年龄不大，可你爸都那么大岁数了。

　　王雪说，人这一辈子，老天爷都给安排好了，都有定数，早结婚，早享受，晚结婚，晚遭罪。

　　王雪说，她挺羡慕佟雪梅的，一辈子遇到一个这么喜欢自己的人不容易，前世修来的。要怪就怪缘分没到，有缘也是孽缘。上学那阵儿，俩人都不懂事儿，邱振河碍着雪梅城里人的身份，自卑，不敢表白，最多就是在辍学之后，仍然在佟雪梅每天放学回家的时候，默默地跟在后面保护她。每次都是看着雪梅进了楼洞口，一层一层的声控灯亮到她家所在的四楼后才离开。

　　再后来，知道雪梅考到哈尔滨师范大学，邱振河也离开依兰。他在哈尔滨找了一个开晚班出租车的活儿，白天有时间就去哈师大转转，希冀可以遇到雪梅，能够远远地看她一眼。从始至终，他都不敢对她说点什么。默默地爱她，默默地离开她。

"人这一辈子，说长也长，说短也短。遇到一个人可得往好里处，人多脆啊，说散就散了，说没就没了。"

王雪声音有一些异样，眼圈有些发红，一时之间，我无法分辨她这是被佟雪梅和邱振河的事感动了，还是想起了自己什么事儿，我低头喝汤，掩盖我的尴尬。

真的，她说的这些让我坐立不安。我不敢往邱振河身上安装爱情这类字样，他是我爸，怎么会有爱情？即便是有，按照法律规定，也得是和我妈啊。

尤其让人气愤的是，按照时间推算，在有了我妈和我之后，邱振河对佟雪梅的感情还在持续着，这类经常出现在社会新闻里的狗屁倒灶的事儿，男主角竟然成了我爸。

他明明是一个连我妈都厌烦的人，邱振河总咳痰，这好像是他下意识的动作，喉咙里总像是卡着什么东西。出门也好，在家也好，咳咳地咳，喉咙抽搐，嘴角歪斜，一口唾沫，发射出来，再一脚踏上去，蹭掉。因为这个，我妈没少骂他，后来死心了，随他去吧。你知道我最害怕什么吗？最怕的不是他咳出痰，而是咳出来又咽回去，带我第一次去麦当劳的时候他就这样。

"那她对……是什么态度？"

王雪说："刚开始应该是不爱，起码高中、大学那会儿，还谈不上爱，也就是不反感吧。我是女人，都这个岁数了，我也不和你一个孩子拐弯抹角了，我觉得高中那时候雪梅不会是像她说的那样完全不知道邱振河的心思，但凡是一个女人，被一个男的爱着护着，不可能没有感觉。说不知道，可能是在掩盖什么吧。虚荣心？不甘心？都有吧。女人上学、结婚是改变命运的两次机会。上学就不说了，凭实力说话。找对象可不是，找对象是撞大运，谁都怕看错人啊。雪梅在结婚和手术那两件事儿上，我看得出来，她是挺害怕邱振河的，那意思就是赶紧替她弄走，怕丢人吧。可有一天雪梅疯了似的要离婚的时候，我就觉得肯定不像她说的那么简单，都多大岁数了，还说啥性格合不合的，谁不都是这么对付着过的嘛。那时候，我就觉得，雪梅离婚的目的，不是和交通局的过不下去了，而是想和邱振河过了，直到那时候，她爱上他了。"

我问："佟雪梅是哪年离的婚？"

"应该是零几年吧，我记得我俩去看电影的道上唠的这事儿。那天电影院里演《哈利·波特》，票特紧张，加钱都买不到，还是交通局那位给弄的票。那个电影你看过吧，几个小孩都好看，长得招人爱。"我在手机上搜索了一下，她说的应该是第一部《哈利·波特》，在中国上映时间是2002年，那年我五岁。在我面积有限的记忆里，我一次次地搜索，试图找到我爸在那一年有什么异样，可对于一个五岁孩子的记忆来说，这一切还是太难了。

我爸妈很少和我说他们的事儿，就有一年，电视新闻里说南方雪灾，电线上都结了一层冰，直直的，风吹不动。我妈和我一边吃饭，一边看电视。她跟我说："今年夏天，雨水大，西瓜都不甜，你爸就说今年冬天雪得大，谁能想到这么大。"她和我说："我和你爸结婚那年雨水也大，跟今年差不多，一下好几天。五一那天，一大早就下大暴雨，地上的积水一会儿就没了脚脖，窨井盖子都冲走了，我还以为上不了车了呢。从屋到院里，就几步道的工夫，身上就湿了。"那天我妈的话有点密，她说："坐在车里，身上的衣服湿答答的，不舒服，心情就有些郁闷。照好老辈人的话，这里边是不是有什么说头。没承想，等到了婚宴地点，还没下车，就看见天上出现了彩虹，下车的时候，发现这边一滴雨没下，地上都是干爽的。那年冬天没怎么下雪。"

我现在觉得那天她是在担心我爸，新闻里说大雪路滑，那天出了很多事故。

王雪说："雪梅那个婚白离了，她和邱振河还是没到一起。这回是你爸打的退堂鼓，说是孩子小，不忍心，还给雪梅看了你的照片。你小时候可敦实了，不像现在这样细里高挑的。你爸说你特皮，凡事都向着爸，一看见他进屋，就往身上扑。"

很多年后，我自己有了孩子，还能想起王雪当年说过的话。确切地说，是我爸说我的话。父子一场，我能记起他的事有限,这句话像一颗沙砾埋伏进了我的生命里,我一直把这件事当作一场意外,等我也有了儿子以后,才慢慢发觉,当年的沙砾被时间打磨成了珍珠。

儿子还小,我尽量给他讲我的爸爸怎么从依兰出来,怎么在哈尔滨落的脚,我又怎么来的北京。他能记得多少就记得多少吧,家里的事断了容易,再续起来就难了。

王雪和我说,她就是在我爸给她们看我的照片时,看到了我妈。露出大半张脸,站在窗户边,笑得山清水秀。她感慨,"你爸和你妈关系不错。你妈命好,虽然是二婚,男人不错,孩子也挺好,一个女人还强求啥,不就这些嘛。"

10

"你才是二婚。"

如果时间能够倒回到那个下午,我想这样骂回去。在后来的某些日子里,我甚至反复练习了说这句话时应该佩戴的表情。可当时却是,我就那么傻呆呆地望着王雪,期望她继续讲下去。

那一刻，天地轰鸣，万籁俱静，一滴水落入池塘，一棵树倒伏于山林，一朵云遮住阳光，一片叶子打了一个旋儿，飘落到大地。

在那一刻，我成了这个世界的局外人。我肉眼所见，皆是表象，我亲耳所听，都包裹有另一种回声。在万事万物看似寡淡的表壳下，运行着复杂而微妙的另一套系统。我那个看似庸庸碌碌的父亲，其实怀揣着一团锦绣。我平凡的母亲，在我和父亲之前竟然还有一段类似的人生。曾经以为最为亲近的父母成了我的陌生人，我们互相站立成三角，彼此面面相觑。另一个我则站在不远处，静静地观望，如同观望一群陌生人。

王雪说，在和我爸结婚之前，我妈结过一次婚。男的也是干力气活儿的，姓什么不知道，就知道那个人总喝大酒，结婚不到一年就死了。说是卸完了货，仗着酒劲儿，开走了货车，撞到了树。说来也是奇怪，车和树都没咋地，他整个人飞了出去，肋骨折了，插进了肺，当场就死了。发现的时候满嘴的血沫子，顺着脸，淌到了身底的煤灰上，黑红的一片。

我妈和我爸是经人介绍认识的，那时候我爸三十大几了，脸上显老，看着得有四十多。开出租车好几年了，人勤快，有眼力见儿，收入还算不错。我妈虽说是二十七岁，比我爸小，可是二婚，她以为我爸会看不上她。没想到，第二天，我爸就问介绍人什么时候能结婚，说抓紧结了得了，别耽误出车，这天天一睁眼就欠了公司二百多块钱。

王雪停顿了一下，看了我一眼，像是下了很大决心似的继续说："我现在觉得你爸和你妈结婚就是为了完成结婚这件事，虽然这么说对你妈和你不太公平，可是你爸的表现让人有一种破罐子破摔的感觉，反正和谁在一起都是那么回事了……你是属马的吧，听你爸说起来过，你现在也算是大人了，也多少能理解一些了。活着，多难啊，谁都不甘心，谁都又不得不甘心。"

在那个陌生小镇的饭馆里，在暖洋洋的阳光里，王雪的话如彻骨的寒风，我咬紧牙关，不让她看出我在打战。

我想起十二岁那年，我上初中，我爸和我妈总打仗，我放学回家，他俩还装得像什么事儿都没有发生。有好几次，我都能在门外听到他们互相咒骂。还有两回，他们半夜躲到厨房继续吵，声音一会儿尖锐起来，一会儿又压低下去。我原本睡觉死，打雷都不醒，那段时间，一有点动静就醒，特别精神，像没睡着过一样，头脑里空荡荡的一片。

王雪问："你爸妈吵架是什么时候？你十二岁那年也得2008或者2009年了吧？那应该是另外一个事儿，那两年，雪梅已经得病了。"

11

"什么病？"

"有一天上课，雪梅竟然忘了李商隐的《夜雨寄北》，翻了两回书，才磕磕巴巴背下来。再后来，又忘了晏殊的《浣溪沙》，就是'无可奈何花落去，似曾相识燕归来'那个。家长反映有点多，学校就组织听了几次课，还开了会，不再让她担任班主任，教单科。校领导找她谈过两次话，可她还是那样，有时候上课忘了带课本，有时候讲着讲着就忘了讲到哪儿了，又从头开始讲，一篇课文开头就讲了好几遍。那段时间，有几个家长反应很激烈，总找校长，说的话也挺难听。直到有两回雪梅没来上班，一问说是忘了，大伙才觉得不对劲。查出是小脑萎缩，就是阿尔茨海默症，一时糊涂一时明白的。出结果那天，打车回来，收音机里说高秀敏去世，那阵儿正赶上她明白，还伤心来着，我记得特别清楚。"

王雪说："雪梅得病一年多以后，学校给她办理了内退。不用上课，还照常开工资。学校对雪梅这样也算是仁至义尽了，现在这社会都变成啥样了，都是现用现交，翻脸就不认人。别的不说，老话还说一日夫妻百日恩呢，那个交通局虽说是再婚了，可听到雪梅得了这病，连面都不照，躲得远远的，生怕刮着了挂着了。他现在是出息了，当了交通局的三把手，可一提到雪梅就躲躲闪闪的，让人看不起。在这一点上，你爸还真是难得的人，有情有义。"

在佟雪梅患病之后，我爸再一次开了一宿车来到富拉尔基，就是那次，他帮着佟雪梅住进了喀秋莎疗养院。我猜想邱振河一定是在那个时候生出了和我妈离婚的念头。我不知道他和我妈说没说，我也无从判定，十二岁那年在小卧室里听到两人争吵，是不是和这一切有关。我只知道，我爸婚没有离成，我现在知道，我爸婚没有离成，可一直照顾着佟雪梅，这也是他当年白班晚班一起干的原因吧。

王雪证实，在患病期间，佟雪梅确实吃了不少进口药，都是从大城市邮寄过来的。包括住进了喀秋莎疗养院，住的还是单间，一住就住了好几年，单单凭她那点工资根本负担不起。

我很想问王雪，从她的角度看，邱振河跟佟雪梅这算什么？我只看到邱振河一门心思地对佟雪梅好，那佟雪梅对邱振河呢？我爸当了一辈子舔狗？

王雪问我："你记不记得，一几年的时候，你爸出了一次车祸。"

在霁虹桥附近，一辆大货车撞上了一辆小轿车，小轿车从对面道上飞过隔离带，骑到了我爸的车头上。我爸胸骨骨折，昏迷了好几天。大夫都说，他是捡了一条命回来，要是伤到内脏，就没救了。伤筋动骨一百天，这个伤只能靠养，得卧床，真遭罪啊，疼，连喘气都疼。

雪梅是在你爸出院以后才知道信儿的，也不敢和别人说。我看她上班的时候，肿着一张脸，眼睛跟个烂桃似的，就知道有事。办公室里人多嘴杂，传她在网上处了一个对象，让对象给骗了，家底都被骗光了。雪梅和我说，让我跟她去一趟哈尔滨，要不我怎么知道你家住在哪儿呢。你爸那时候瘦得跟个刀螂似的，本来个子就不高，躺在床上，就那么一小堆，看着心里难受。我俩在你家一共也没待上半个小时，怕你妈回来撞上，话也没说上几句，雪梅一直哭，到了楼下，还不走，仰头往楼上看。你爸的床不是靠着三楼窗户边上嘛，我能看到你爸也往楼下看，两个人一个在楼下哭，一个在楼上哭，看着闹心死了。

王雪总结说："雪梅是后来才爱上邱振河的。"

按照王雪的说法，我爸一辈子都没和佟雪梅说过爱你这样的话，最多就是在得知她再也无法生育之后，说"她命里应该有一个女儿"。王雪说:"我记得你爸说过最浪漫的一句话就是,他的愿望是想照看一个小时候的雪梅,慢慢长成现在的雪梅。"

我现在有点明白我爸不喜欢我的原因了。我问:"佟雪梅是什么样的人?"

佟雪梅长得不算很漂亮,可经看,小鼻子小眼儿的,越看越舒服,我要是男的,我也喜欢她。雪梅有才,喜欢古文,天生就是当语文老师的料,能背很多文言文,字正腔圆,口齿清晰。喜欢拉手风琴,没得病的时候,学校有演出,最后都是她压轴,拉手风琴,独唱,拿手的是俄罗斯民歌《三套车》《蜻蜓姑娘之歌》《伏尔加河船夫曲》。

雪梅性格好,我没见过她和谁红过脸,就连离婚那阵儿,对那个交通局的也没出过什么恶言。不过,雪梅这个人也没什么主意,别人的话很容易就影响到她,有时候,跟我也不冷不热的,我就知道是别人背后说啥了,看她那样,我也是真来气。她没得罪过谁,也没什么朋友,得病之后,开始还有人过来看看,后来她娘家那边老人老了以后,其他亲戚都不怎么来了，其他朋友同事就更少来往了，也就我和老柴还过去。疗养院那帮人，要是经常有人过来探望探望，就对你好一点，要不多长时间都不帮着收拾一下，看人下菜碟。

王雪问："你妈是什么样的人？"

我妈脾气急，嗓门大，和我爸打仗，气势上就没输过。不要说我爸，城管见着她都打怵。她在四小门口摆摊卖烤冷面，城管从来都是客客气气的。要是确实占道了，影响了市容啥的，他们帮忙挪。他们一方面是害怕我妈嗓门大，一方面也是喜欢我妈热心肠。一起摆摊的人有点什么事，她都是第一个伸手。我妈面目和善，还年轻的时候，就给人一种信任感，都叫她三姐。四小的孩子们这么叫，城管也这么叫。除了我爸，我妈没和人红过脸。打我记事起，他俩就吵架，好像他们结婚的目的就是为了找到对手。

我最后考上的是黑龙江大学，最终我也没能实现逃离这个家，去南方上大学的愿望。那时候我家已经搬到了哈西，从学校到我家，骑车不到半小时的路程。开学后，我选择了住校，基本不回去。我妈总给我打电话，一星期能打两三回，絮絮叨叨地和我说家里的事，我爸喝酒还开车，被警察抓了，罚了不少钱。我爸和他们一起开出租车的又去堵网约车了，不让人家走，骂人家抢了他们的活儿，差点打起来。我妈说他，越活越回去了。

我只是听，不大回应。

王雪和我说："人的感情挺复杂的，连人自己都说不清楚。像你爸，现在想想，也不能说他这一辈子就喜欢佟雪梅，没喜欢过你妈，喜欢和喜欢还不一样呢。他就该和你妈过日子。要是他真和雪梅在一起了，也不一定就能过到一起去，他俩是两种人。可再怎么样，雪梅和你爸都是好命的人，这辈子见到了，有机会互相惦记着。要是我也有这个命，得小脑萎缩我也愿意，还省心了呢。"

我妈是我大一开学不到半年的时候走的，心肌梗塞。出事儿那天，一直没有来电话，我一直挺烦她跟我絮叨，可一不打，还有点心慌。人家说母子连心，我现在有点相信了。

吃完晚饭，我往宿舍走，路上遇见一个傻小子跟一个学姐表白，整一堆蜡烛摆成一个心形，抱着个吉他，在女宿舍楼下面唱歌。那小子公鸭嗓，手跟鸡爪子似的，一色地拨弄和弦。对面的女生很坚强，面不改色地听。

路上接到邱振河的电话。那一刻，怎么说呢，就是觉得我没妈了，这个世界上就剩下我一个人了。

按照西方人的说法，心肌梗塞这种死法人不遭罪，是上帝的怜爱，我妈这辈子，也就上帝怜爱她。

"邱振河对佟雪梅是仁至义尽了，连你都觉得他是一个有情有义的人，可你想过没有，当他对一个女人有情有义的时候，对另一个女人是不是无情无义呢？"

"你当着一个人的儿子的面，讲他爸对另外一个女人的感情，这事儿说得过去吗？我爸死了，他喜欢的女人小脑萎缩，那我可以不可以说是报应？"

12

"不是报应，是遗传。"

我和王雪回到喀秋莎之后，看见了那位老柴。

已经是午后时分，正是喀秋莎规定的锻炼时间，走廊里游荡着第八套广播体操的声音。王雪说："雪梅前几天迷糊，晕倒了，120 都来了，住了好几天院。本来就小脑萎缩，再加上心脏这事儿，以后日子更不好过了。"

103 房间已经被清扫过了，纸箱搬走后，空间大了很多，甚至显得有些空荡荡。梳妆台上的瓶瓶罐罐按照大小也重新摆过，窗台上除了手风琴，又放了一株绿植。

看到我之后，老柴没有像别人那样露出惊讶的表情，我猜王雪已经和他说过了。他和我握手，碰了一下，像烫着似的，马上躲开，连眼神都不和我碰触，扭头和王雪说话。要她再检查一下，哪儿还需要再弄弄。他担心，雪梅回来会不会再找她那些东西。

王雪说："手风琴还在那儿，没事。"这个病像一块石头，把佟雪梅的记忆磨得越来越短，她经常陷入某一个时间段里，像是人生就卡在那儿了，"回来后，可能都不记得那些东西了。"

老柴也说："雪梅现在这个情况，像是记忆出现了折叠，把两个不同时间里的事儿经常记到一起，也挺好，记得的都是她自己愿意记住的。这么活着，没那么苦。"

我看不出老柴的年纪，猛一看，像是三十多岁，细看，得有四十多，其实，说五十多岁也行。细高，柴火棍一样，微微驼背，头发长而稀疏，说话用力，嘴里像是咬着什么东西。他解释说："雪梅这个病应该是遗传她家老太太。我打听了，她妈就是这样，最后动不了，卧床好几年，遭了不少罪。"

老柴说他有八分之一的犹太血统，是一个诗人，说话也透着不着调。他说："阿尔茨海默症是一个浪漫的病，活了一辈子，又把自己交回到小时候，什么都没带来，什么也都不带走，不占你们人世间一丁点儿的便宜。"

老柴说阿尔茨海默症是一个浪漫的病，让我想起我妈得的心肌梗塞也被认为是上帝的怜爱，我有些搂不住火儿。

我问老柴，"写诗会遗传吗？"

王雪察觉出我的恶意，制止我，"别搭理他，他是诗人，危险。"

老柴面无表情,"诗人有什么危险的?"

王雪也面无表情,"硌硬人不咬人。"

老柴陷入沉默,就在我为刚刚的冒失露出些许尴尬的时候,他慢悠悠地说:"好东西不会遗传,能遗传的都是坏的。"

他转过身,直盯盯地问我,"你写诗吗?"看我目光游移,他露出一丝不易察觉的表情继续说:"这一点你不如你爸。你爸写诗,我看见过。"

那年,王雪和老柴帮着把佟雪梅安置进喀秋莎后,没走几步,老柴说把打火机落在302了,得回去取一下,路上好抽两口,省得回家还得去阳台。家里阳台没封,天凉了,抽一颗烟冻得哆里哆嗦的。

邱振河黑A牌照的出租车还停在喀秋莎的院外,将近十一点了,疗养院十点半熄灯,整栋楼没有一丝光亮,成为黑暗的一部分。

邱振河站在院子里,背对着院门,好像在看什么。突然挥动拳头,像是生气,在击打什么东西,速度极快,满耳都是衣袖的破风声。不一会儿,停止击打,笔直站立,右肩耸动,胳膊被肩膀扯动,向前抛出,然后是左肩左手如是,头部晃动,双脚交替跳动。反复几次,动作幅度变大,变快,脚步落地沉闷,间或有喘息。也许过了很久,也许没有多久,邱振河动作渐慢,似乎力竭,直到停止。

老柴还没缓过神,邱振河上车,点火,车辆低吼,尾灯闪亮,拐个弯,消失。老柴说:"你爸算是个诗人,可能一辈子就写了这么一首诗。"

我叹了口气,"我不懂诗,请您指点一二。"

老柴也叹了口气,"如果说你的躯体神奇而碧绿,如果说你的魅力无涯无际,如果说你在黑暗中狂舞不息,那么,哪里是你的根基?"

"这是我爸写的?"

"不是你爸写的,可意思都差不多……你爸写得比聂鲁达好,神秘,深邃。"

我故意问:"聂鲁达也是你们一伙的?"

老柴看我一眼说:"你这个样和你爸一样,小脸子,又一辈子好面子。"

王雪说他,"都这么大岁数了,又当着孩子的面,你就别说那些了。你要是真的有那个魄力,你当初怎么不找雪梅?在这一点上,你还真就不如邱振河,人家不像你那么会说,可都做到位了。"

王雪抱着窗台上的手风琴,随手拨弄,发出声响,仔细听,弹奏的是俄罗斯民歌《喀秋莎》,"正当梨花开遍了天涯,河上飘着柔曼的轻纱;喀秋莎站在那峻峭的岸上,歌声好像明媚的春光。"弹来弹去,反复是这一句。

老柴发了一会儿呆,对王雪说:"她回来,你也别和她争了,这么多年,你除了没有小脑萎缩,哪点能赶得上她。再说了,争来争去,这辈子都快争完了。"

王雪没搭理老柴,抱着手风琴望着窗外发愣。喀秋莎疗养院一楼的窗户安装有防盗网,小手指粗细的钢筋,生了锈。从我的角度看过去,房间里的人,如同囚禁在牢笼里。

我看着王雪和老柴,也似乎看到了邱振河,甚至是我自己都处在往事抑或是现实的囚笼之中。

王雪长出了一口气,收拾起手风琴,竖在窗台上,"现在谁都不争了，就你还在争。你再争，你还争得过命吗？"

老柴说我爸就没争过命，万里大造林那会儿，我爸跟中了邪似的，一有工夫就各地去参加说明会，连出租车都不开了。老柴说："现在想想，你爸那会儿也不一定就是为了一夜暴富，虽说是也说过投进去钱就长出钱这种话，可最多的还是在说五年内沙漠变森林，再造一个绿色的万里长城。我觉得他是活了大半辈子好容易才抓到了个抓手……别说啥都没挣着，就算是挣着钱了，他们老邱家也回不到原来了。"

看我一脸诧异，老柴转向王雪，"这小子是真的什么也不知道，邱振河真的什么都没和他说。"

老柴说，你们老邱家肯定不是一般人家。按照老柴的说法，我家原来住在北京的一个胡同里的，具体哪个胡同，我爸也没说明白，老柴估计是我爷就没跟我爸说明白。

我家是从我爷爷那辈儿到依兰的，大伙都说我爷犯了什么错，戴帽儿下来的。我爷戴一副眼镜，镜片厚得跟瓶子底似的，一圈一圈，看不见眼睛，镜腿用胶布缠着。长了一副文人相，可脾气倔，到了依兰之后，还总往北京写信。三天两头跑邮局，邮局的人离着老远就能认出他，穿一件破军大衣，胳膊肘都没棉花了，就两层布，不系扣，一走道，呼扇呼扇的，好认。

我爸四岁那年，我爷得病，临死也不知道啥病，吐血死的，大伙就说是气死的。

我奶认字，会背《千字文》《百家姓》，不是一般人家出身。人看着就不一样，那时候再苦，再穷，我奶也把家收拾得立立整整的。老邱家的院子总是挂满刚洗的衣服，冬天的时候，衣服冻得梆硬，西北风一吹，直晃荡，玉米秸秆一样互相碰撞，发出声音。老柴估计，我爷失势，下放到依兰农场，应该多多少少和我奶的家庭出身有点关系。

我爸十六岁那年，我奶死了。在她死之前那几年，还有人过来抄家，逼老太太交出里通外国的发报机。还说我爷总不系衣扣，就是在和外国特务通暗号。大伙都说老太太是窝囊死的。死前几天，我奶告诉两个孩子，以后老老实实种地，靠天吃饭，省心安稳。

我爸还有一个哥，就是我大爷。老柴说我那大爷要是活到现在，肯定是一个人物，主意正，脑子活，这一点像我爷。有一回小将们过来抄家，我大爷一手一把菜刀，护住我奶，眼睛都红了，谁上来劈谁。那帮小子愣，可不傻，瞅着不对劲，都一溜烟儿跑了。

我爸十六岁那年，也就是我奶死了没两个月，我大爷死在了家门口，脑袋让人砸了一个窟窿。发现的时候，不知道死了多长时间，都硬了，穿不上衣裳了。大伙儿帮着找了一副白皮棺材，可尸体保持着趴在地上的姿势，支棱巴翘，装不进去。用热水往胳膊腿的关节上浇，温软开了，再捋直，放进棺材里。腿都烫掉皮了，露出白骨，半个依兰县城都弥漫着一股人肉味儿。

老柴说，我爸像我奶，看人脸色活着，让人吓破胆了，一辈子都没缓过神儿。

老李头和那个胖胖的张姐过来看看103收拾得怎么样了，露出一副满意的表情。"这多利索。"她和我说，"佟老师前几年不这样，这两年严重了，把那些旧东西当成宝，晚上睡觉都得把着，谁动跟谁发脾气，往人身上砸水杯，老李头之前的那个保安后脖颈子都被烫了。"

两人对我说了一大堆好话。主要是感谢我配合他们工作,提前交了五年的费用,还要组织家属向我学习。我现在总算明白了,我爸这几年急赤白脸地管我要钱,原来都用在了这儿。

我不知道该怎么回答,也不知道那一刻,在他们的眼里我是我,还是我是我爸。

13

大概只有老柴从没把我当成我爸。

在院子里的白桦树下,老柴递给我一颗烟,很随意地问我,"来多长时间了,王雪老师和你唠半天了吧?"他不等我回答,继续问,"是不是又唠叨过去那些破事儿了?"我吐出一口烟,回他,"没太回顾过去,主要是在畅想未来。"老柴根本就不搭理我,眯缝了眼睛,歪头抽烟,"你爸叫你什么,小岩?你俩打仗吗?"

一时之间，我搜刮不出太合适的词去形容两个男人的关系，硬挺着回应他，"我和我爸平等、团结，互相理解……"

他挥了挥夹着香烟的右手，"你爸和我说过你的事儿，在这一点上，你比他差多了，他不做作。"不等我做出反应，他继续说："我能想到王雪都和你说了什么，你也不用先想着你爸怎么样，你妈怎么样，佟雪梅怎么样。你是他儿子，他是你爸，这一点永远也改变不了。天下父子，不都那样嘛。你现在还小，等你有了孩子，就理解了。"

"是吗？"这是我那时候的疑问。

"是的。"这是我现在对那个疑问的回答。

我原来一直以为是大人教育孩子，有了自己的孩子后，我开始知道大人在教育孩子，孩子同时也在教育大人。在孩子眼里，大人一直是大人，他们天生就无所不能。可总有一天，孩子会知道，大人不是天生的，大人在有了孩子之后，是和孩子一起悲壮地学着长大。

我的儿子出生后，我恍如重生。有时我会想，那么我的出生，对我父亲的改变又是什么呢？

在那天那个叫喀秋莎的地方，老柴对我说："你也不要想你爸对你或者你妈怎么好或者怎么不好，你和你爸的关系就是中国普通的父子关系，你爸和你妈也是中国普通的夫妻关系。"

一条黄色的小土狗跑进院里，脸上顶着一道白，从脑门到鼻子，像是被谁画了一道白漆。腿有点瘸，跑起来一颠一颠的，停在我们脚边左嗅嗅右嗅嗅。

一辆三轮车从喀秋莎院外经过，蹬三轮的是一个老头，满脸丘壑，须发皆张，拉长了声调喊："清洗排烟罩喽，哪家清洗排烟罩啊？"车很慢，声音更慢，人已经不见，声音还留在院外游荡。

不远处，铁栅栏门被风吹动，发出吱呀呀的声响。

如果生命是一条河流，我们的流向是从什么时候开始决定的呢？

邮件是老柴写的，是我爸交代的。老柴问我，"如果没有接到保险公司的那个电话，我就是再写两封邮件，你也不会过来吧？"

我承认，在收到那封邮件之前，我的确接到过保险公司的电话，说我爸投过一个意外险，受益人是我。在投保人发生意外后，会有一笔赔偿。

　　保险公司问了我很多问题，包括我爸之前的身体怎么样，有没有慢性病，去世前的精神状态，最近家里有没有需要特别用钱的地方等等。我问，你们是不是怀疑我爸骗保？他们说，这是正常流程，你别多想。

　　不要说保险公司，连老柴也怀疑我爸的死因。在出事之前，我爸和老柴提过，他说美国发明了一种新药，专治小脑萎缩，他想给雪梅买。还问过老柴，这样的药从哪里能买到，得多少钱之类的。

　　老柴说我爸死前的那段时间看着不太正常，谁会信短视频的那些胡说八道呢？我爸就信，叨咕过好几回，药有效最好，治好了，雪梅还能过几天好日子。没效的话，也没办法，试试总不会错。

　　大概是半年前吧，我爸把我的邮箱地址给了老柴，说有一天可能用得着。现在老柴才明白过味儿来，处理保险这事儿，我是受益人，我得出面按个手印啥的。邱振河问过老柴，保险公司一般都怎么赔偿，大概能给多少钱。他和老柴说，我那个小子挺混蛋的，但有出息，他看不上这几个钱，关键是这孩子孝顺，那时候对他妈特别耐心。

老柴说，听到我爸死讯的那天，他也挺吃惊的，想来想去，不管怎么扯淡，还是给你发一封邮件吧，"死者为大，答应人的事儿，得办了。"

"按照犹太人的说法，人死后三十天才魂飞魄散，在此之前，还能听见亲人说话。你是他唯一的亲人了，趁着他还能听到，你劝劝他，保险公司不是吃素的，你爸那点小伎俩，玩不过人家。"

何建华一遍遍打电话过来，看我没接，发来微信问："到手了吗，一共多少钱？保险赔偿不需要交个人所得税，是实数。"

我打字回他，"滚犊子。"

我苦笑，"没想到，他还知道给自己买保险。"

老柴说："你爸哪有那个脑子啊，是你妈给你爸买的。"

看我一脸惊愕，老柴说："别听王雪和你说的那些，你爸对雪梅没那么高尚。佟雪梅走到今天，你爸得负一半责任，起码雪梅离婚有他的原因，总往人家里打电话，通了还不说话，交通局那个能不多想吗？两口子能不打仗吗？不离婚哪儿跑。"

老柴说："我不知道雪梅遇到你爸对她是幸运还是劫难。你爸和雪梅的关系……挺感动人的，可我总觉得他爱的是上高中时候的雪梅，不是后来的雪梅。王雪老师也同意我这么说，邱振河爱上的是年轻时的雪梅，雪梅爱上的是年长后的邱振河，也对。不过，你爸命里总归会出现这么一个人，甚至这个人也可以不是雪梅，只不过恰好遇见了雪梅而已。"

午后阳光明晃晃地刺人的眼，千条万缕，箭矢一般遮天洒将下来，射穿浮云，撞碎树叶，根根钉在地上。箭尖没土，箭尾弦颤，在人耳边发出一阵紧着一阵的锐响。

老柴的声音似远还近似有还无，"无论怎么说，邱振河对雪梅一直挺好，可那不是对雪梅好，是对他自己好。"老柴吐出一口烟，"你爸失败了一辈子，这场爱情是他最大的成功。他得坚持，就像，坚持一个理想。"

14

佟雪梅下车的时候，我几乎不敢相信，眼前这个梳着男人一样短发的女人，就是王雪老师给我看的照片里那个像小鹿一样的女孩。佟雪梅胖胖的，肩膀上披了一件厚重的大衣，从侧面看，竟然很像我妈。

唯一可以和照片印证的就是脸色依旧很白，但已不是健康的粉白，而是那种常年不见阳光的苍白。她长了一双大眼睛，眼神有些呆滞，但如小孩子一般清澈。看到我的时候，一道闪电从眼睛里划过，映出山川河岳。

她像小女孩那样跑过来，抓住我的胳膊，"你怎么才来啊？"我不知道该如何回答，紧闭双唇，身体僵硬，任凭她摇晃。

佟雪梅看我不说话，有些着急，"一会儿就打铃了，你不要去打篮球了，赶紧回教室吧。"她往四周看了看，王雪、老柴、张姐、老李头、出租车司机散站在一旁，眼神复杂。她害怕似的拉着我的衣角，往树下躲。

长日将尽，落霞满天，我们站在喀秋莎疗养院的白桦树下，风吹树叶发出海浪般的声音，风如骏马，落叶似雪片般纷飞。佟雪梅仰脸望着我，肩膀上扛着一轮落日，脸上氤氲着少女特有的红晕。

我眼圈一红，抓起她的手，"好，咱回教室，外面冷。"

西边有座山

1

安城监狱位于东郊，占地五千多亩，原来是一个农场，1983年严打的时候改为劳改支队，1994年翻盖成监狱。安城人往西走习惯说去西郊，往北走说是去北郊，要是往东，往往说去小黄楼。

小黄楼在安城监狱最里边，一共三层，尖顶，二三楼都有阳台，铁制，绿色，看着挺资本主义的。修建农场的时候，把小黄楼圈在了里边，当作农场办公室。安城人说小黄楼是老毛子盖的，一个小老头出的钱，个子不高，跟个土豆子似的，可来头不小，据说和他们那边的皇上是亲戚，没出五服，管皇上叫三叔。

刚开始的时候，小黄楼门口骑马的、坐车的，人来人往，还有人抱着枪巡逻，很是热闹了一阵子。没过多久，就没多少人来了，再没过多久，小老头从三楼跳下，把自己摔成了土豆饼。

　　安城人说小黄楼邪性，也只有安城监狱能镇得住。一开始小黄楼是安城监狱的财务科，现在是组织人事科。第一次去小黄楼的时候，我特意站在楼下看，也不高，当年那位白俄贵族死得应该不像说的那么利索。

　　安城监狱里的犯人得有一半是我们刑警大队抓进来的，我们几个人三天两头往这边跑。一线干警一般都有个毛病，时不时地到监狱看看亲手抓进来那帮人怎么样了，有时候还找他们聊聊天，一方面了解了解他们的改造情况，一方面也想再挖出点什么。这帮人在里面待得时间长了，心态会发生变化，没准就能说出点有用的。我们耿队管这叫话聊。

　　刚参加工作没几天，耿队就跟我们强调了话聊的重要意义。四五年前，耿队抓了一个抢劫的，叫张德利，一查发现这人还是一个见义勇为模范，获得过市政府的嘉奖，那次是人赃俱获，张德利自己也供认不讳，判了三年。耿队总觉得这事没到底儿，经常过去聊，每次去都不空手，经常是揣两盒烟，两人抽几根，剩下的让他带走。在里边，烟是硬通货，比钱好使。有一回带了一只沟帮子烧鸡过去，他吃了一个大腿，剩下的都让张德利一个人吃了。第二天耿队接到监狱这边的电话，说是张德利找他有事。

张德利交代出陈福志杀人的事，安城解放以来最大一起连环杀人案告破。

这说的都是一年往前的事儿，最近这一年，我们都打怵来小黄楼，别说找人话聊了，连过来正常工作对接，也是办完就走。多待一会儿，都觉着后背像是顶了一把枪，一阵阵地发冷。

整个刑警队还坚持到安城监狱话聊的也就是我了，我话聊的对象是我们队长耿斌。

2

耿队入狱的时候，还没下雪，现在道边的雪堆都成黑色的了，我还一次没见着他呢。

老孔跟我说，别说是你，老耿连他媳妇都不见，让谁都别打扰他，他要在里边认真反省，安心改造。老孔是安城监狱政委，在耿队这事儿上没少帮忙。不论是会上还是会下，老孔都叮嘱小年轻们要特别注意二监区。有两回果然发现老耿走道不对劲，给他同屋的人挨个儿过了一遍堂，可你知道，那帮人都是什么玩意儿变的，都是红嘴白牙说破大天的主，这种事后讯问啥用没有。

耿队的罪名是受贿，刑期三年，进去还不到三个月，就瘸了两回。安城监狱里边还有好几个是他亲手抓进去的，有两个还是重犯，我担心他能不能活着出来。

我和老孔说，这回不是探视，是了解情况，耿斌经手的一个案子有点岔头，得核实一些细节。我是这么说的，也是这么做的。耿队也说不出什么，只能配合。

耿队告诉我，陈福志和张德利是老乡，俩人一起进的厂子，都是焊工，一起租的房子，一起获得的见义勇为模范。但是领奖的时候，是张德利一个人去的，陈福志没去了，那时候他还躺在医院里。

陈福志右手大拇指和食指齐根没了，拿不住焊枪，干不了焊工了，出院后找人凑了点钱，开出租车。杀的四个人里，只有第一个不是他的乘客，其余的都是坐了一回车就没命了，其中一个女的，才二十多岁。

走的时候，我让耿队把抽剩下的烟拿着，他犹豫了一下，揣兜里了。

3

有一段时间，东北人都往嘉峪关跑。比起深圳、大连这些地方，嘉峪关好找活儿，花销低，容易站住脚。老六说，这才几年的工夫啊，东北人就遍布全国了。各地方扫黄，警察抓住一个小姐一审问，说是安城的，再抓住一个小姐再一审问，还说是安城的。全国警察都忙着打听安城到底什么地方。

老六是敦煌大酒店的老板，腿脚不好，小儿麻痹，走道踮脚。敦煌大酒店在繁荣街上，是安城第一个五星级酒店。老六也在嘉峪关干过几年，具体干什么不知道，是少数出去了还回来的东北人。老六回到安城，除了给安城盖了一个五星级酒店以外，还带回了敦煌文化。

敦煌大酒店最大的特色就是飞天，墙上但凡有空余的地方，都画着抱着琵琶飘在空中的女人。老六说，敦煌酒店的飞天都特别严谨，不信你们就挨个儿对，墙上任何一个飞天都能在莫高窟里找到出处。服务员也按照他的意思穿上宽袍大袖，胳膊上缠挂着一截绸绫子。我问洗浴中心的服务员，这么穿，不绊脚吗。

耿队进去之后，敦煌大酒店的洗浴中心被我们查了好几回了，除了第一回抓了几个小姐，再去就都是正规服务了。以前的宽袍大袖是低胸，露着白花花的胸脯，现在都拉上去，特别严谨了。老六说那次是几个小姐的私人行为，社会上就是有那么一些人，看见别人发家致富，就眼红，就走捷径，这都得付出代价。他特意感谢我们帮他清洁了队伍。

服务员说她叫小丽，刚来不到一个月，我问她固定工资多少钱，一个月能有多少提成。她教育我说，她们是做服务工作的，不能总想着挣钱，得时刻想着怎么提高服务质量，让客人满意。

我说，我也是客人，我对你的服务不满意。她说，她知道怎么让我满意，趴在我耳边说了一句粗话。

小丽告诉我，老板不在，去敦煌考察文化去了，什么时候回来不一定。她一脸惋惜地说，可惜，让你白跑了一趟。我说，你都和我说那话了，怎么说白跑呢。

她说，我说了那话，也没做那事，你还能抓我啊。看我脸上露出惊讶的表情，小丽教训我，这段时间，你们刑警队都来好几趟了，要是你们这几张脸我还记不住，那我的业务素质得糟烂成啥样，还有脸在敦煌大酒店混吗。

高寒也劝过我，就是抓到敦煌大酒店卖淫嫖娼的现行，也证明不了耿队受贿罪不成立。卷宗里白纸黑字写着，耿队受贿发生在敦煌大酒店的建设期间。他教育我，你看安城监狱那么多人，别的不知道，咱们亲手抓进去的那些你还不知道吗，哪个是不应该进去的。

我知道他啥意思，不就是暗示耿队在这里边也的确动了手脚了嘛，要不以他那性格，不会这么认栽。我只是不明白,我亲眼见过他把干工程送的一箱子钱给掀了,怎么就贪图老六那十万块钱了。我就不信了,老六的十万比别人一箱子钱还值钱呗。

高寒让我下班跟他出去一趟,我告诉他,没时间,新找了个娘们,正热乎呢。他说我,完蛋玩意儿。

4

西郊公园原来叫西山,西山改造的时候,山顶上的树刨了好几十棵,平整出一大片空地,修了一个凉亭。凉亭雕龙画凤,颜色红绿,非常生猛,离着老远就能看见,成为继小黄楼之后安城的又一个标志。

干活儿的估摸是个大个子,自己步幅大,台阶和台阶之间留得也宽,平常人一步够不着,两步又太短,走道别扭,上来一趟,两腿酸疼,跟折了似的。新鲜劲儿一过,凉亭上基本就人迹罕至了。

夏天的时候,偶有人过来野餐,凉亭边上经常有啤酒瓶子、塑料袋，也有用过的避孕套。冬天没啥人来，时间长了，台阶上的雪被风吹硬，踩上去得尤其小心。

按照耿嫂说的，耿队投案自首的前一天晚上，在凉亭里喝了半宿闷酒，我琢磨着怎么也能留下点蛛丝马迹。东北下雪又不是下雨，雪比雨能藏事儿。可西北风早把凉亭吹得干干净净，像是故意打扫过似的。我不死心，折了一根树枝，连背风地方的积雪都扒拉一遍，也没什么发现。

今天的月亮是性冷淡风，在寥落的星辰中间，薄薄的一片月牙。星空如燃烧后的天幕，繁星散乱，炭火一样将熄未熄，风一吹，发出明灭的光。脚下的城市流光闪烁，雾气昭昭，时有车笛的长鸣传来，打了几个转折，消散在林木中间，遥远得不真实。

我刚到局里的时候是耿队带我，按照规矩，我应该叫他师傅。那时候他还不是队长，嗓门大，脾气急，可心细，很快发现我中午吃得少，他就开始带饭。耿嫂会做饺子，每次都满满登登装一大饭盒，足够两个人吃的。我吃了耿队半年多的饺子，局里用了半年多给我解决了宿舍。每月少了一笔租房子的费用,手头没那么紧巴了,我开始和大伙儿一样正常吃食堂了,耿队中午也不带饭了。

吃了半年多的饺子,落下个毛病,一个月总有那么几天馋耿嫂的饺子。馋虫一上来,我们几个就跑到耿队家里包饺子,耿嫂包的蘑菇馅儿饺子比我妈做的还好吃。

耿队就一个儿子,在哈尔滨上学,还不知道他爸的事儿,家里就剩下耿嫂一个人。耿队出事两个多月,耿嫂就瘦脱相了。前几天我们过去看她,她还张罗给大伙儿包饺子。端碗的时候,我们手都在哆嗦。

东北的地形除了平原就是丘陵,所谓的山也就是相对而言,像西山,海拔也就二百多米。我估摸了一下,下山的时候,没走原路,从东南边爬下来。山虽然不高,但都是树,又是冬天,积雪下边是落叶,深一脚浅一脚,摔了一个跟头,手划破了,流了点血。

一个塑料袋挂在一个树杈上,让风吹得哗啦啦地响。我费了挺大劲,才够下来。快到山脚的时候,听到好像有什么动静,仔细再听,又没了,只有风吹过树杈发出敲击似的钝响。

　　第二天我才知道，昨晚听到的声音，是高寒被拔掉指甲时的闷哼。

5

　　高寒是在靠近西山的出煤口出的事儿。

　　西山煤矿四年前就停止井下作业了，该挖的都挖完了，西山成了一座空山。那个外地煤老板可能也有点于心不忍，临走的时候，出钱把西山改造成了西郊公园，说是希望安城人民有个休闲娱乐的去处。安城人都说，西郊公园是用西山的卖身钱盖的。

　　西郊公园一直没什么人气，倒是靠近西山的那个出煤口总出事儿，死过两回人。安城一些社会闲散人员吹牛的时候都说，不服咱就去出煤口那儿。

　　我问他，谁啊？

　　高寒回我，新找的一个娘们，你不认识。

我说他，哪个娘们跟你去出煤口啊，你们约会拔指甲玩啊。

我说得去医院照顾高寒，没参加局里的会议。这一年来，不论什么会，领导们都先强调一遍从严治警，听着心里乱七八糟的。还有我觉得高寒这事关键在他自己这儿，得从他这个当事人下手。我才不信他疼晕过去了，什么都不记得了。别人不知道我还不知道吗，这么多年，高寒的刑警不是白干的。

我安慰他，你平时指甲就发白，这回拔了也好，再长出来，就能正常了，当美甲了。

他说，昨天拔的时候，我还发现我这指甲不但发白，还又薄又软，过几天得再去查查，看看是不是心脏或者肝有什么毛病。你说查心脏啥的是不是还得 B 超，那玩意儿有辐射没？

我问，先拔的哪个？

他说，食指。右手。

用的啥玩意儿？

就是普通那种钳子，红色的，橡胶手柄那种。我还说那人，你拔我指甲，还怕电着啊。

我问他，下班让我跟你出去一趟，是不是就约了这个人？

高寒否认了，他说这个人是路上碰着的，喝多了，一股酒气，走道离拉歪斜，撞了他一下。高寒让他注意点，他就把高寒十个手指甲都拔了。高寒解释说，让我下班跟他出去一趟，就是随口那么一说，主要是看我这段时间为耿队的事儿着急上火，逗逗我。

我看着他有点发愁。耿队的事儿还没什么眉目，高寒这又出事儿。关键是他俩都一个德行，明显是在躲避什么，不想让我掺和，我使了半天劲，一直在事情外围转悠。警察有时候就是死要面子活受罪。

没想到，几个小时之后，我也出事儿了。

6

下午局里召开了一个紧急会议，在会上，曹局要求以耿斌事件为鉴，各个部门做好自检自查。必须做到不准贪污受贿，不准刑讯逼供。必须做到说话和气，办事公平，纠正违章不准刁难。

曹局要我们端正思想，不要产生《公安机关人民警察纪律条令》就是针对我们警察的错误认识。法律是社会最大的公平，无论是对违法者还是执法者，法律的效用都是一样的，要正确对待人民群众的监督。

曹局也是从刑警干上来的，当队长时才二十七岁，是安城最年轻的正科级干部。他提副处之后，耿队从他手里接的刑警队。曹局说话永远不紧不慢，天大的事儿都是一字一句咬出牙印。今天说话更慢，一个字一个字往外吐，像是出了比天还大的事。

曹局刚说到省委调查组要来安城的时候，我就被小孟叫出来了，说我媳妇在办公室等着呢，挺着急的，好像出啥事了。

小丽不化妆还挺好看的，眉眼清秀，清清爽爽。套了一件普通的羊毛衫，后背笔直，胸脯高耸。我夸她，这多好，比你穿敦煌大酒店那套强多了，宽袍大袖，跟唱戏似的。

听我这么说，小丽有点害羞，眉目低垂，脸上泛起了红晕，那样子又矜持又美好。我想起本市一位作家形容刚结婚的小媳妇的话，"眼睛里有一泓清泉"。我倒了一杯茶，推到她手边，顺势坐到斜对面。

她不说话，我也不说话，安静地坐着，暖气管道暖气的声音显得格外悠长。窗外云彩走得很快，一道阳光斜照在室内，偶有云影闪过，即暗即亮。话聊最关键的一步不是进攻而是等待。真相本身有重量，沉默到一定时候，就会浮上来。

果然，小丽喝了一口水，对我说，你强奸我的事，就打算这么拉倒了？

7

公安局早晨八点上班，晚上六点下班，小丽每天踩着点儿过来。我们上班的时候，她坐到办公室门口。我们下班的时候，她再离开。

小丽年轻，长得周正。来我们这儿后，不化妆了，扎一个简单的马尾辫，像学生上课一样每天准时坐到门口。嘴唇紧闭，眼神无辜，不喊不闹，像一尊雕像，沉默而坚决。

小丽是一个说到做到的人，每天都来，风雨无阻。我一看见她就脑袋疼，有时候真怀疑她是不是狐狸精，有无数个分身，每天坐在门口的是不同的小丽。要说变化也有，她有时候带一个保温杯，有时候不带。户籍科那几个货也有病，每天下班前都打赌，猜门口那个女的明天带不带保温杯，谁输了谁请中午饭。

小丽虽然什么都不说，可局里早就流言满天飞了。这些流言像是粉碎机，我被一次次粉身碎骨，再按照他们的想象拼接成连牲口都不如的某种牲口。

曹局找我谈过一次，没说我什么，只是嘱咐自己的事情自己处理好，不要影响到工作。

谈话第二天，我们办公室门口的长椅撤了，门卫也不让小丽进入办公楼了。可小丽还是每天八点来，六点走，带一个小板凳，坐在公安局门口，仍然不吵不闹。

原来是我们局里流言满天飞，现在整个安城都流言满天飞，都传一个警察强奸了一个洗浴中心的按摩女。

局里压力很大，我的压力也不小。再去一副食找高主任，不用他招呼，售货员就都聚过来围观。我硬着头皮问这样的塑料袋是不是你们的。他说，是我们的，这不上面写着嘛，第一副食品商店。我拿出两张照片，问他对这俩人有没有印象。

一个胖胖的售货员认出了耿队，我问，大约三个月前，这个人来买过什么没有，是他一个人来的吗？她说，一副食这一天天人来人往的，别说是三个月前了，就连一个星期前来啥人都记不住。能认出这个人，是有一回看到他在三道街那边抓人，老猛了，所以有印象。至于老六的照片，都说不认识。

我有点后悔，要不是出那个差，耿队一出事，我就这么调查，没准早就捋明白了。

时间一长，买货的卖货的都围过来，对我指指点点，交头接耳。在他们眼里，警察和按摩女的故事比一副食的东西有滋味多了。

进入冬月，一天比一天冷了，小丽还坐在门口，手里捧着一个保温杯，兢兢业业地扮演石狮子，看见我像没看见似的。倒是门卫陈叔一见我就露出一脸捂按不住的兴奋，特意跑出来告诉我，又有一个女的找我，上午来的，一直没走，还在办公室等着呢。

我抬头看看办公室窗户，又看看门口的小丽，出了一身的冷汗。

8

高寒问我，谁啊，长得咋样？

我说他，长得咋样你比我知道啊。看他一脸狐疑，我继续说，郑大夫媳妇长得是挺有味道的，怪不得你喜欢她。他呆住了，脸上露出挨了一拳后的表情。

高寒前年离的婚，媳妇原来是水泥厂会计，下岗后在老一百卖服装。买卖不错，货走得比谁家都快，三天两头地跑广州进货。三跑两跑，就不想回来了。和高寒离婚都是当天办完手续当天走的，孩子也带走了，说广州教育资源好，孩子将来能考一个好大学。

高寒目前还是单身，单身男人处个对象是天经地义的事，但他处这个对象不但不天经地义还得偷偷摸摸的，因为女方还不是单身。

高寒出事后，局里非常重视，病房一直有人守着，那个女的干着急也不能过去看他，找我是来打听打听情况，还想让我给高寒带点东西。昨天上午过来的，一直等我到下午。刚开始的时候，她还骗我说是高寒的高中同学。

高寒纠正我，没骗你，她就是我高中同学。看我露出不信的样子，他说，我俩上学时候处过一阵子。

我盯着高寒包裹得像粽子一样的双手问，她干美甲的吧？

高寒又不吱声了。

我故意说，那就是郑大夫的诊所增加新业务了，还真是小瞧他了,原来他不但会拔牙,还能拔指甲。

我告诉高寒,我也找郑大夫做做指甲。看我不像是开玩笑,高寒喊住我,闷闷地说,不是他,是大成子。

9

高寒是在出煤口遇到大成子的。看着一个大个子晃晃荡荡地往过走,戴着帽子,看不清脸。高寒就背过身,想等这人过去。

醒过来的时候,高寒的两个大拇指被一根尼龙绳勒在了一起,一动钻心地疼。

大成子蹲在地上跟高寒商量,让他在拔掉十个手指甲和挑断两个脚的脚筋之间选一个。高寒最后选了拔指甲。大成子劝他,指甲处在人体末端,连接着丰富的微细血管和神经末梢,拔指甲会很疼,老辈人不常说十指连心嘛。他劝高寒,要不你选挑脚筋吧。

高寒问大成子看没看过《碧血剑》,那里面有一个金蛇郎君,就是被温家五老挑断了筋脉武功尽失的。金蛇郎君都扛不住,我估摸我也很够呛。再说了,咱们的恩怨还没到挑脚筋的份儿上,你还是拔指甲吧。

大成子不甘心,他问高寒听不听评书,评书里说脚筋和大脖筋是一根,脚筋一挑,人脑袋就耷拉了。他劝高寒,你办事这么认真的一个人,不想试试吗?说书那帮家伙平时都一套一套的,这回咱俩试试真的假的,看看到底科不科学。

高寒说他,关键是你没有家伙什啊。

大成子从怀里掏出一把刀,跟高寒解释,原来就打算拔指甲的,没想到你对挑脚筋感兴趣,没预备称手的家伙,就用修脚刀吧。昨天刚磨的,飞快。

高寒这个人有点洁癖,上食堂吃饭,筷子都擦好几遍。听说要用修脚刀挑他的脚筋,心里有点硌硬。

高寒怕自己顶不住,让大成子把手套塞嘴里。大成子还不大愿意,一边往高寒嘴里塞手套,一边说他,人都会做错事,错了就接受惩罚,看看监狱里那帮人,哪个像你这么多事儿。

大成子最后拔了高寒十个指甲，高寒疼晕过去七八回。高寒和我说，那天晚上，天像是一个倒扣的大黑锅，月亮特别小，是一个小月牙。从高寒的角度看过去，正好能看见北斗星，一闪一闪的，勺子把上的那颗又亮又大，比月亮亮多了，就是没有月亮大。

那天西北风不大，我顺着西山东南坡往下走的时候，刚好把高寒的闷哼送过来。如果我沿着原路回去，应该可以遇见他俩。

我问他，大成子是谁？

10

耿队批评我，有什么话不能在探监室里说，你把我整到小黄楼里干什么，鬼鬼祟祟的。

我解释，探监室是犯人和家属见面的地方，聊的都是私事。我找你是公事，涉及公安局内部的在职人员，得到组织人事科配合调查。

我给他带了一饭盒饺子，他一见就急眼了，跟我嚷嚷，别跟我扯这套，我最不愿意吃带馅儿的。

我问他，老六对敦煌文化真有研究吗？我看着怎么不像呢？敦煌大酒店里好几个地方，那飞天让他们画得，身材壮成那样，能飞得起来吗？

耿队纠正我，飞天的形象也是有演变历程的，你说的那几个胖飞天是北凉时期的，属于西域式飞天，直鼻大眼，身材粗短。艺术特点是运笔豪放，着色大胆……算了，说了你也不懂。

我和他犟，洗浴中心一进门那个画得还不错，挺瘦的，就是没有脸。

耿队纠正我，那个叫双飞天，原像在莫高窟的321号窟，是珍品。

我说，你看，还是得瘦，连飞天一瘦都成珍品了。

耿队用看废物的眼神看着我说，唐朝时期的飞天绘画脱离了印度、西域等特征，已经完全中国化了。这时候的飞天自由奔放、变化无穷。现在人们印象中那种人物清瘦、衣饰轻薄的飞天，主要是在唐末完成的。双飞天就是这个时期的代表作……算了。

我看聊不下去了，再次转换话题，请教他，指甲被人拔了得怎么护理。

他盯住我的手看，没说话。我告诉他，是高寒，在出煤口那儿。

耿队问，先拔的哪个？

我告诉他，就是那个。

耿队的脸色一下子暗淡下来，沉默了一会儿说，要是实在疼的话，就让他用冷毛巾敷一下。没事，过一段时间就好了。小高指甲平时就发白，这回权当美甲了。对了，卧床期间，抬高患肢可以减少局部水肿。

我又问他，一个女的说男的强奸她，坐在男的门口不走，一个多星期了，啥招都使了，报警行不行？

耿队盯着我，脸上没有任何表情，眉毛拧在一起，两边嘴角耷拉着。我平时就挺怕他这个表情的，他一这样，我心里就发毛，不知道他要干啥，手脚都没地方放。

他说，报警是任何一个公民都享有的合法权利，但是如果对方没有做出伤害性举动，只是坐在门口，报警也没用，警察来了也就是口头教育教育。

我说，可以告她性骚扰吗？

他说，在我们目前的法律里，性骚扰是指男性对女性的不当行为。女性对男性的行为，还没有可以依据的法律条文。

耿队问我，文洁今年还得是优秀员工吧？

我说，嗯。

他问，你俩打算啥时候结婚？

我说，定的是明年五一。

耿队头都没抬说，定了就去执行，别拖泥带水。

他打开饭盒，问啥馅儿的，用手捏起一个饺子塞嘴里。嘟囔了一句，警察也是公民，也享有同等权利。

吃完了，往裤子上擦擦手，耿队站起来，示意门口的狱警结束了，可以回去了。我抓紧时间问他，我现在这个时候开始学敦煌文化来得及吗？

耿队身体顿了一下，夸奖说，今天的饺子馅儿还行，不咸不淡。

第二天中午快十二点的时候，终于接到老孔的电话。耿队让他转告我，别瞎琢磨北凉时期那些飞天，多研究研究唐末那块的，没脸的飞天才是艺术。

我暗暗松了一口气。

11

泡在敦煌洗浴中心好几天了，我也没琢磨明白门口那个双飞天好在哪儿。老六也出来跟我解释了几回，我还是不明白，没脸，怎么就艺术了。

跟了耿队这么多年，这点默契还是有的。他让我多琢磨唐朝没脸的飞天，那基本就是指敦煌大酒店的洗浴中心了，这里边一定有我需要的线索，他又没说明白这个线索到底是什么，说明他还没来得及弄明白。把这个信息告诉我，说明耿队指望我把这事儿往明白里整。

最近这两年，涉警案件多了起来，过去法制不健全，警察在执法过程中，走野路子的事也不是没有。现在要求从严治警，筛子底一细，都筛出来了。安城监狱里过去都是警察亲手抓进去的罪犯，最近这一两年，我们同行也进去了几个。再去监狱办事，总觉得别别扭扭。

刑警队是局里从严治警以来的重灾区，绝大多数人都犯在了刑讯逼供上。判得最重的是我们队的司机老徐，被一个刑满释放人员举报，判了六年零八个月。

在安城，有几个牛逼篓子到处跟人吹牛，公安局这个是他整下来的，那个是他整进去的，狂得没边儿。

其实这类举报挺复杂的，确实发现了一些警察过度执法的问题，也发现有些举报夸大其词颠倒黑白，而大多涉警人员又觉得一肚子委屈，不配合调查，纪检科那几个人经常忙得中午顾不上吃饭。我们都隐隐约约觉得，事情已经发生了根本性变化，执法者和违法者手持同一个矛和盾，他们可以啥招都使，我们不能。

曹局敲打我们，只想办案的权力，不讲手段，那执法者和违法者有什么不同？刀刃不能总朝外，也得朝里。

听说高寒出事，我和耿队第一反应都是问先拔的哪个指甲。高寒这个人有个毛病，一激动就用手指人，因为审讯的时候拿手指戳人脑袋，耿队批评他多少回了，好几个当事人都扬言出来后先撅折了他那根手指。这次先拔的就是他的右手食指，我俩都觉得这不是巧合。

耿队的事我也觉得不那么简单，别看他五大三粗，耿队其实是安城公安局里最爱学习的人，家里没什么像样的家具，可三面墙的书柜特别气派，更气派的是他的藏书，四大名著、《史记》啥的都是精装版。读书人都要脸，可他犯的偏偏是最丢脸的事儿，这比要了他的命还狠。

检察院的老金也说，耿队特别痛快，一口气应承了所有的指控。他总觉得哪里不对劲，又找不出哪里不对劲。

一股无法形容的吸力，把我往一口看不见的深井里拖拽。井口阳光刺眼，井下黑暗阴冷，寒气在脚下盘旋，蛇一样顺着后背攀爬上来。

洗浴中心的几个女的一看见我就笑，问我瞅啥呢。她们说，小丽天天去公安局上班，你天天来洗浴中心上班，倒过来了。

我说，我和你们老板说好了，以后就来这儿上班了。

她们说，光老板同意了也不行，你来，科长同意了吗？

我问，科长是谁？

12

安城原来是一个小渔村，清朝禁关令解除之后才慢慢有了点模样，所以安城谈不上有什么历史遗迹，也没出过什么大人物，连状元都没出过，安城的文庙没有正门，得从侧门溜进去。

安城能拿得出手的不多，人参勉强算一个。

安城人到了一定的年纪，都能听说一个姓白的老参客的事儿。白老客在安城东边小黄楼那一带挖出了人参，是罕见的六匹叶的大货，胳膊腿儿鼻子眼睛齐全。七两为参，八两为宝，这棵参怎么也得一斤往上。白老客手捂手摁着，不敢声张，消息还是不胫而走，让当时一个姓石的仓官知道了，硬说这棵人参长在了龙脉上，动了人参就等于动了大清的龙脉，连人带参都给带走了。白老客后来音信皆无，倒是听说那棵人参让仓官献给了皇上。再后来有人说雍正五十八岁那年突然去世，就和吃了这棵人参有关系。安城人参通人性，吃人参就等于吃人了。

在安城，只有老六质疑过安城人参，说那些说法都是胡扯。别的不说，看看现在的安城参十个有十个都是人工培植的，种植的和野生的能一样吗？

老六说，安城现在能拿得出手的是他们那儿的搓澡，应该列入安城的非物质文化遗产。敦煌洗浴中心的搓澡确实讲究，先淋浴去灰湿皮，再到三十八度、四十二度的池子里各泡二十分钟，等毛孔全泡开了，再去桑拿室蒸上十分钟，去寒气，再搓。

敦煌洗浴中心搓澡的重心是按摩，他们按摩不是用手，用一个橡胶的小锤子，敲敲打打，推拉弹按。老六说，敦煌洗浴中心的搓澡按摩手法都是顺着战国那阵儿的《灵枢经》

下来的，老祖宗的好东西又结合了现代医疗技术，延年益寿，比吃人参管用。要是评级的话，他们的搓澡师傅都得是主治中医级别的。

敦煌洗浴中心的搓澡有名，可搓澡的师傅不多，一共也就四五个人，平时都是穿着大裤衩，光着上身，在换衣间待着。有人想搓澡了，喊一声就行，几个师傅轮着来，不争不抢。

给我按的老臧纠正我，别听他们吹牛，啥经也顶不上经验。老臧说他是敦煌洗浴中心资格最老的搓澡师傅，一开业，就在了。手底下哪天不得搓个十几二十个，你是阴虚还是阳虚，一搭手就明白，那些有钱有权的都找他。老臧说，别看都是有头有脸，说话一套一套的，他们根本不知道自己咋回事，我知道。

我说，他们平时都注意，一般没啥事吧？

他哼了一声，没啥事儿？安城一个挺大的当官的，让我帮他调理下身体，按出狗叫来。

我问他，谁啊？

他趴在我耳边说了一个名字，我愣了一下，说不可能吧。

老臧是几个搓澡师傅里的001号，在换衣间里总待在最不显眼的旮旯里，举着半导体，贴在耳朵边上听评书。老臧瘦，几根肋条像是后安上去的，按一下就能整根取走。别看瘦，手上有劲儿，一个澡搓下来，我说了他好几回，让他轻点。

回到办公室后，我发现钥匙落在洗澡那儿了，打电话让老臧给送过来，他不愿意，说工商局的张局要过来搓澡，指定了让他等着，一会儿就到了。

我求他半天，老臧在那边沉默了一会儿说，嗯。

13

第一次看到老臧穿上衣服，瞅着竟然有点眼生。应该是常年不见阳光的缘故，老臧脸白得不像话，面颊深陷，颧骨高耸，两只眼睛怕光似的眯缝着。平时看不出来，这回才发现老臧走道溜墙根，见人点头哈腰，笑容软塌塌地胡乱堆了满脸。老臧本来就瘦，穿上衣服显得更瘦，骨架子撑不起衣裳，一走道像是衣裳自己在飘，晃晃荡荡的。

我说他，着什么急啊，喝点水再走。他推托还有事，让张局等不好。我一手拿着暖瓶，一手端着杯子，转身盯住他，一字一句地说，你走个试试？老臧呆住，走也不是，不走也不是。我又问，到这儿了你还想走吗？

我问他到底姓臧还是张，他告诉我，臧这个姓往上倒，其实姓姬，臧是属于以封邑名称为氏。姓这个姓的少，办身份证的时候，公安局给写错了，写成了张。

我拿出老臧刚刚押在门卫室的身份证问他，所以你是叫臧德利，对吧？那你不是吃亏了吗，那年报纸上报道你们见义勇为用的都是张德利。李福志的姓没错吧？

老臧承认，是耿队帮着给改的身份证。他念叨，耿队那人好，热心，仗义，急群众所急，想群众所想。

我说他，那你还不是把他送进去了吗？

老臧一听这话有点急，耿队啥人啊，我多大能耐能把耿队给送进去啊，是他主动的，新闻里不都说是投案自首了吗？

臧德利是在西山凉亭遇见的耿队,局里找耿队谈了一天的话,耿队一肚子委屈没地方说,独自坐着喝闷酒。耿队跟老臧发牢骚,干刑警的,一天天出生入死,破了多少案子,立了多少功都没用,一两处错误就全抹了,白干。

那是阴历九月,具体初几忘了。中午气温还行,晚上开始上劲儿了,俩人唠了小半宿,都冻透了。老臧说得亏他带了瓶小烧,冷了就啁一口,对付暖暖身子。耿队说了刚进局里的情形,说了破的第一个案子,说了第一次收老六礼物的心情,怎么一宿没睡着觉,又怎么收了第二回。口子一开,水就跟进来了,想关阀门都关不住了。

老臧说他没怎么说话,都是耿队一个人唠叨。老臧说,耿队那时候应该已经做了决定,他就是当个耳朵,听他唠叨唠叨,顺当顺当气儿。这时候倾听比宽慰重要。

我问老臧平时有没有人念错臧这个字,他说,咋没有,还多呢,不念一声都念四声。

我问,那你科长的科是哪个科啊?

老臧不好意思地笑了一下说,我不是科长,我是处长了。

14

小叶子一看见我就笑，我问她什么事儿这么高兴。她说，看见你这样的大人物，能不高兴嘛。我有点窘迫，想起了门口的小丽，这段时间她是让我出了大名了。小叶子说，听说你这段时间都不咋来局里了，净往各大出版社跑，书出了，得送我签名本啊。

我说，不是签名本的问题，整本书就是写给你的。到时候你就能看见，翻开封皮，第一句话就是，谨以此书献给安城公安局档案科小叶子。小叶子笑得直不起腰，说你心真大，我看啊，你还是献给你家文洁吧。她换了一个严肃的表情，听说文洁都要和你黄了？你是真不知道啥叫愁啊。她往门口抬抬下巴，眉眼如水银一般灵活，门口那位再坐下去，你这身警服能不能保住都不一定了吧。

我看了耿队受贿案的卷宗，跟我猜测的情形差不多。事是那么回事，现在我急需要的是证据，物是死的，人是活的，这么久了，我只能从人身上下手了。

小叶子说，外面都传你这么揪住耿队的事不撒手，是为了自己。师傅出了这么丢脸的事，你们当徒弟的抬不起头。

我叮嘱小叶子不要和别人说我找过她。她问我，你是不是又要惹事，你惹事可不能连累我。看她又后悔又着急的样子，我有些于心不忍，安慰她，我不惹事了，只惹人，你看现在把你惹成这样，你忘不了我了吧。

15

我给老六打了一个电话，告诉他我现在过去，让他在办公室等我。老六有些迟疑，说他今天晚上的飞机，一会儿就得走了，飞机不等人。我告诉他，挖到一个好东西，就是看不大明白，得请教请教他，用不了多长时间。敦煌的事儿，除了他，在安城还真找不到别人。

老六看我抱过来一套精装本《史记》，不但不吃惊，还露出很感兴趣的样子，反复摩挲封面上的烫金字。

这套《史记》不是耿队书柜里那套，是我找一个民营小出版公司仿制的，照葫芦画瓢，粗看还行，禁不起仔细琢磨。我担心老六再划拉两下，封面上烫的金字就得掉色。耿队书柜里那套的确是限量版，现在市面上根本找不到了。这套书没有公开销售过，刚放出消息，就被一些大老板内部买光了。据说每套书都有一个黄金叶子的藏书票，凿有编号，叶子的形状取自莫高窟内的壁画元素，价格和价值都不菲。

我问老六，这套书现在值多少钱？

他说，便宜不了。这种档次的精装书，印数有限，全世界就一千本，眼瞅着升值，谁买谁偷着乐。

我说，那当初买的时候多少钱？

老六说，这不是标着呢嘛。他翻过来看封底上的定价。

我说，不用看，我知道，十万。

老六说，《史记》无价，可再贵也不能十万啊，这也太黑了。

我说，那值不值耿队三年的刑期？

老六听我这么说，放下书，将后背完全靠在沙发上，跷起二郎腿，舒舒服服地抽一口烟，头上升腾起一片烟雾。眼神劈过烟雾，如一柄冷兵器，悬停在我的面门。我也把后背完全靠在沙发上，跷起二郎腿，把嘴里的烟缓缓吐到老六脸上。我右手揣在裤兜里，握住兜内的枪柄，食指搭在扳机上，调整好枪口。

　　老六狠抽两口，将烟屁股摁死在烟灰缸。他告诉我，一直在等这一天，原以为对面坐的起码是曹局这一级别的，没想到是我，一个小科员。他毫不掩饰满脸的失望。

　　我问他，这也是你们计划的一部分吧？

　　老六说对灯发誓，他回来主要是听说安城出了一套招商引资的方案，力度还挺大，觉得是个机会。在嘉峪关是挣了点钱，可千好万好不如家好。他告诉我，安城其实还有一绝，只有离开了安城才知道，就是安城的干豆腐，干、薄、细，配上大葱，蘸上大酱，筋道，香。在嘉峪关，有事没事抓心挠肝想的就是这一口。

　　老六解释，当然了，回来之前也确实听说公安部颁布了这么一个法令，我跟你说，没有这个招商引资计划，我就贷不出款，就盖不了这个房子，那压根就不可能有这个敦煌大酒店。要是没有那个法律，我就是贷出了款，盖了这个酒店，最后归谁还不一定呢。

我点点头，明白了，你的意思是耿队成了阻碍安城经济发展的幕后黑手。

老六不高兴了，你怎么能这么说耿队呢，别说他不是，就算是，也轮不到你这么说，他是你师傅。中国传统文化还是得讲究点。

你理解的传统文化里也包含送礼吧？

一丝不易察觉的笑从老六嘴角滑过，他纠正我，那叫礼尚往来。

老六跟我解释，礼尚往来的美妙之处在于往来，往来的前提是平等。平等不是价格意义上的，不是我送你一百块钱的礼物，你再回赠我一百块的礼物，是价值意义上的，是精神上的互相尊重。你知道啥叫尊重吧，拿送礼来说，送礼得花自己的钱，不能拿不是你的东西和人往来。老六说，在这一点上，他最烦一些当官的。他们怎么就不明白，别管多大的官，手里的权力都是暂时的，是人民赋予你的。用不属于自己的东西和我玩礼尚往来，这不是要流氓吗？

老六边说边摩挲《史记》封皮上的金字。他小拇指留了长指甲，刮在封皮上沙沙地响。烦得我想撅折那根手指。

耿队这个人其实挺好，和别的官不一样，不贪钱，不好色，在这两点上我挺服他。但他也贪，看见好书就挪不动步。人啊，早晚得折在和自己不匹配的占有欲上。

我说他从我这儿拿走十万块钱都说少了。你只看见他书柜里有多少套精装书了，那总共也值不了多少钱。你得看看他还有多少孤本、善本、珍本，看着不起眼，那才是大头。大家都是明白人，明白人好办事，我也是点到为止，差不多得了。

老六最后两句话激怒了我。

我问老六，你这屋里什么味儿？

他吸吸鼻子，没啥味啊。

我说，不对，你是不是在这屋里吸过毒。

16

高寒是在我带老六去第一医院做尿检的时候跳楼的。

他说尿尿，撇开和他在一起的小魏，站到六楼卫生间的窗台上，大头朝下跳出去的。高寒喜欢臭美，上班的时候头发总吹得板板正正，我经常讽刺他，像戴了一个假发套。他是头先着地，红白的一片，头发乱七八糟的。下葬的时候，我给他买了一个假发套。殡仪馆的人手艺不错，收拾完以后，不像是戴假发套，挺真的。

在跳楼的前一天，高寒听说局里开会对他做出了开除的决定。高寒说过，上学时，他们一犯错误，老师就拿手指点他们脑袋，生疼生疼的，那时候他就立志当警察。这身警服就是他的命，扒了警服，他连命都不要了。

大成子原名王江河，是高寒处理过的一个刑满释放人员，犯的是盗窃罪，在安城监狱里待了半年。出来后，不止一次地和人说要撅折高寒的手指头。

大成子是在头道街寻摸活儿的时候，手潮，让当事人发觉了。钱包没偷成,倒挨了一嘴巴。大成子脸上挂不住,顺手掐了当事人屁股一把。

当时高寒正调查一起性侵案,听说抓了一个手脚不干净的,就到头道街派出所对对线茬儿。大成子嘴皮子利索,不饶人,跟高寒掰扯了半个多小时什么叫摸,什么叫碰,哪种行为更接近主观,哪种是无意。

大成子出狱后,嘴角横了一道明显的疤。安城人吓唬人有时候会说,信不信把你嘴撕开。看到大成子这样,大伙知道这是让人把嘴给撕了。有一回在二姐饺子馆喝多了,大成子跟人讲高寒怎么用手指抠住他嘴,一点点往外扯,眼瞅着豁口一点点变大,听的人嘴角发麻。

在出煤口遇见高寒不是碰巧,大成子盯高寒好几个月了。那天他发现高寒和郑大夫媳妇不大干净,乐得直咧嘴,知道机会来了。

大成子交代,警察比流氓地痞好对付,警察要脸,把话说清楚就行了。他跟高寒说,你是警察不假,那你是不是中华人民共和国公民,是不是都得遵守国家法律。我就是给判了，蹲了笆篱子了，你也没权力撕我的嘴，何况那时候我还只是一个嫌疑人。所以，哪只手撕的，就废哪只手，公平吧？

大成子说原来还想高寒要是敢支棱毛儿，就搬出他和郑大夫媳妇的事砸他脸上。没想到高寒挺敞亮，想了想说，那天是我不对，应该。

大成子承认，真到拔的时候，他自己都有点不敢相信，那么多人扬言要废了高寒右手，都没那个胆儿。他大成子何德何能，竟然一次性就拔了高寒两个手的指甲。

他说，就凭这一次我就能当上科长。

17

二九第八天，天冷得伸不出手。西北风锥子一样，又尖又硬，往人骨头缝里钻。没站一会儿，就把人冻透了。老臧说他带了白酒，喝这个吧，你那几瓶啤酒都上冰碴子了吧。

我告诉他，这几样熏酱都是在一副食买的，高主任说他们熏的鸡爪子是一绝，你多吃。

老臧点点头，高主任，有点驼背的那个吧。我搓过他，他好搓。

我约老臧在西山凉亭见面喝点，还像上回那样，在电话里沉默了一会儿，他终于说，嗯。

老臧问我，你眼睛挺贼啊，咋发现的？

我告诉他，这几天澡堂子你当是白泡的？都搓了多少回了，皮都搓薄了，要是你，你也得纳闷，为什么总是他们三个给我搓，怎么总也轮不到你呢？那说明只有一个原因，你在躲我。你自己说说，什么人会躲警察？

老臧喝了一大口酒，抄起一个鸡爪子，用一根指头指指我，还别说，小白脸就是阴。那天你专门点我给你搓澡，我就意识到有点过了，让你们抓到规律了。也是没想到你这么狠，在澡堂子一泡就十好几天，一般人扛不住这么泡。

老臧告诉我，那天耿队根本不是一个人在凉亭喝的闷酒，他比耿队先到的，耿队来的时候又带了点副食。俩人喝到后半夜，酒喝没了，也冻得实在受不了了，才下的山。

老臧跟耿队讲了他的制服的诱惑理论。你穿上这身警服就得面对这身衣裳带来的诱惑，它能激活出你内心深处的英雄，也就能唤醒你身体内的魔鬼。我承认你当过英雄，安城不少人看见你在三道街上抓人，菜刀差点劈到脑袋上，你都没躲。你破了不少案子，人缘也不错，都说你有文化，人也清高，看不惯那些伸手搂钱的。可你想过没有，就你那点工资，你文化得起来吗？你清高得起来吗？就凭你一个月落兜里那几吊钱，你能买几本书？别人买书送给你，那书还是书吗？是赃物。要我说，你还不如那些贪官呢，他们是弄脏了钱，你是玷污了文化。

一码是一码，你说你一天天出生入死，破了多少案子，立了多少功，那就能抵扣你犯的罪吗？按照你这么说，我问问你，一个见义勇为能抵扣半个抢劫吗？

我夸老臧，你是干什么的？我看你像大学教授。

老臧抬手制止了我，谦虚地表示，我主要是自学成才，搓了这么多澡，你当白搓的。要说擅长，我也就是善于理论与实践相结合。我告诉你，别看那些有权有钱的穿上衣裳人五人六的，光着腚都他妈的一样，在我面前都得趴着。

我继续忽悠他，就这业务水平，怪不得你能当处长。

老臧说，业务水平也得在实践中磨炼，比如我吧，能当处长主要是我破获了"11·21"案件。

老臧他们把耿队受贿案称为"11·21"案件。主要过程就是老六整理了切实证据，负责揭发检举。老臧做好心理分析，负责敲边鼓，念小嗑。他们管这叫话聊，让犯罪嫌疑人心服口服地在自己的判决书上画一个句号。

老臧说自己是坐着火箭上来的，他这个科长是去年"7·18"案之后提的。那次当事人是你们队的司机老徐。他不是股级吗？处理了他，我就是科级了。这次你们耿队不是科级吗？处理了他，我就是处级了。老臧有点发愁，安城还是小，地级市，你们局长也就是一个处级。就是处理了他，我也升不到哪儿去，局长顶天了。

老臧看我脸色都变了，满意地点点头，继续教育我，你们搞法律的应该比我懂，我问你，我们这样的行为，犯法不？我想了想，不犯。老臧得意地笑了，灌了一大口白酒。

法律是社会最大的公平，你们执法的人更得守法。"违法必究"这四个字前面没有加人称，知道啥意思吗？意思就是任何人违法都得，必究。

我跟老臧说，说是这么说，你们对高寒下手就公平吗？

老臧承认在处理高寒的事情上有欠妥帖，没有完全做到公平公正。我们又不是郑大夫，犯不着和他那样不依不饶的，主要是他盯上老六了。为了耿队的事儿，高寒这小子比你能折腾。他比你灵巧，找了一个做经警的同学查老六，不整不行了。

也没下啥重手，就是砢碜砢碜他，没想到他脸那么小。我们后来也了解到，撕大成子嘴那天，高寒刚跟老婆办完手续，心情暴土扬长的，都是老爷们，那种情况下做出点过激行为，多少能理解。我们也批评大成子了，和他又强调了一遍，我们的宗旨还是以治病救人为主。虽然说生茬子都这样，可是这一次不一样，毕竟出了人命。我们责令他做出深刻的书面检讨。态度还可以，还是可以继续使用的同志。

我问他，老六是什么级别？

老臧说我，老六是文化人，不适用行政级别。

我问老臧，你身上什么味儿？

那天晚上，我把枪口顶到臧德利脸上的时候，右手食指一直在哆嗦，老臧也看到我哆嗦了，脸上的肌肉小虫子一样乱蹦，眼睛都红了。可他下手晚了，只能按照我的要求，从怀里慢慢地抽出双手，举过头顶，我给他上了背铐。

我问他，你是不是吸过毒？

老臧一挣扎，一把修脚刀从怀里掉到地上。我捡起来，有这个也行啊。

老臧喊，高寒不是我收拾的，安城也不是就我有修脚刀。

我说，我知道。

老臧问，那你想干啥？

我拍拍他的肩膀，从现在开始，你最好每天念经，祈祷你上半辈子没干过一丁点儿坏事。

18

我跟小丽说，我这屋里只有茉莉花和绿茶，你喜欢喝哪个？算了，绿茶也没了，你看茶叶罐子都见底儿了，你将就喝点茉莉花吧。

小丽不出声，眼神低垂，默默地看我忙活。我拿起她的保温杯，想给她加点热水，问她这里面是什么，要不要换换茶叶。

小丽承认，老六教她怎么整我的时候，她也犹豫过，毕竟没什么深仇大恨。老六告诉她，警察哪有好人，穿上那身衣裳，就都不是人了，听不进人话了。吃拿卡要，哪个不是他们干的？从十个警察里拽出九个枪毙，都不带冤屈他们的。咱们这么干，不是整他们，是拯救他们。听说过悬崖勒马吧，咱们是做好事，帮他们勒勒笼头。

我问她，你信了？

小丽抱起茶杯，一字一顿地说，要是你，你信吗？

我盯着她的眼睛，可你还是做了。

小丽眼睛里闪过一片云雾，我不是为了老六。小丽说我在敦煌洗浴中心泡了那么长时间，从不拿正眼瞧她们。跟她们说话总是客客气气的，端着，从骨子里往外渗透出看不起人的意思。不就是我穿了那套服务员衣服，你穿了这身警服嘛。要是扒了你这身警服，看你还能狂到哪儿去。

　　小丽第二天回老家，我原打算去火车站送她，但纪检科的老孟找我，说是聊聊天，在我屋里东拉西扯，也没说出什么正经的。快到中午的时候，我看他还没有走的意思，就张罗去门口的家常菜馆对付两口。老孟说，不去了，没时间了，你跟我走一趟吧。冲我亮了亮别在腰里的手铐。

　　局里今天应该是有任务，大伙整装待发，在院里列队听曹局讲话，这是办大事才有的待遇。我没听清曹局说什么，就听见大伙齐声回答坚决完成任务。曹局向大家敬礼，大家也向他敬礼，随后跑步上车，传来整齐的脚步声和杂乱的关门声。

　　老孟推搡我上车，我腿有点软，使不上力气，抬了两次没抬起腿。老孟推了我一把，又把我的腿顺进去，砰的一声关上车门。

局里的车辆闪着警灯，纷纷驶离，先头是几辆小车，最后一辆是卡车，按照经验车里应该是特警。

老孟打火，车身抖动得很像是那么回事，可就是没打着。在老孟打火的时候，我看见一个女人穿了件红色的羽绒服，双手插兜，站在门外。我以为小丽又来了，不禁打了一个冷战。等经过的时候，发现不是小丽，是我的未婚妻文洁，脸色苍白，扭头朝车里张望。

大部队的车出门左转，我们的车出门右转。大部队的车开得快，我们的车开得慢。

老孟一手把着方向盘，一手夹着烟，慢悠悠地经过邮局，经过菜市场，经过二小，经过南马路，一路向东行驶。正是中午时分，街上人不多，车也少，我看见了几张熟面孔，有两个叫不出名字，只知道住在附近，看样子是出去买东西了，手里拎着方便袋。我还看见了两个小学生，戴着红领巾，走路一蹦一跳。

我尽量睁大眼睛，可视线越来越模糊，眼泪和鼻涕混在一起，悬在下巴上，随着车子摇来荡去。

老孟把我带到小黄楼二楼，命令我坐下，他一屁股坐到我对面。顺手拿起桌上的打火机，打开又关掉，火焰喷射又熄灭。他不说话，我也不说话，阳光映在桌上，灰尘在光里飞舞。应该是年代久远的缘故，小黄楼的墙有些斑驳，掉皮的地方简单地刷了石灰，已经干了，可味道还没散。大冬天的，房间里竟然出现一只苍蝇，落在文件上，落在茶杯上。

随着后脑勺被人打了一巴掌，一个声音从我后面升起，完蛋玩意儿。

竟然是耿队。

19

耿队前几个月抓了一个诈骗犯，叫尹超。案子原本归经侦管，李队他们跟这条线跟了快一年了，实施抓捕之前，发现这小子身上可能背有命案。耿队带高寒过去审的，最终发现命案只是一场虚惊，不过尹超底子确实不干净，因为强奸未遂判过。

十多年前，在钢厂旁边的小树林里，尹超把一个下班的女工摁倒在地，因为这个他被判了三年半。把他当场揪住的就是张德利和陈福志，因为这个他俩获得了市级见义勇为模范的称号。

尹超交代，别看获得了市级见义勇为模范，陈福志和张德利根本不是什么好人。陈福志不就成了杀人犯，被枪毙了吗？张德利不也抢劫，被判了吗？啥事都得一码归一码，我犯了错，该蹲的笆篱子，我一天没少，也算是扯平了吧。你陈福志是受了点伤，你还上电视了呢，你还受到奖励了呢，也该哪说哪了了吧。可有一天，陈福志和张德利找我，要我出钱给他治病。

耿队分析，这种见义勇为的案子，不仅仅是当事人处于一种极端状态，很多见义勇为的人也是一股冲劲，事后会出现后怕甚至懊悔等复杂的心理波动，需要心理辅助治疗。这种情况一般出现在重大的不可逆的结果之后，陈福志失去两根手指，属于七级伤残，没有完全丧失劳动能力，这种极端心态就非常可疑。

当事人陈福志早就因为故意杀人罪执行了死刑，这条线等于从根掐断了。在翻看当年的卷宗时，耿队重新核对了陈福志案件受害人的情况，一共四个被害人，都是二十岁上下，被害时间都是在晚上九到十一点钟左右。东北十一二月份，天黑得早，九十点钟算是晚的了。这么晚这些年轻人去干什么了？

年代并不久远，一些当事人的家属还在，通过一系列走访，耿队和高寒又发现被害人一个共同点，都在处对象。被害时要么是出去见对象，要么是刚见完对象。这与陈福志杀人之间存在什么关联吗？

果然，尹超又交代，他和被害女工根本不是强奸，俩人好了有一段时间了，因为尹超有家，一直偷偷摸摸的。女工那段时间闹得厉害，逼尹超离婚。原打算下班去小树林俩人再聊聊，拉扯的时候，被陈福志和张德利当成了强奸。尹超说他现在肠子都悔青了，当时一时冲动，想着别坏了女工的名声，人家还是一个黄花姑娘，就坡下驴，认了强奸。现在那个女的早就离开了安城，不知道哪儿去了。他在里边待了整整三年，到现在还背了个刑满释放人员的名声。

耿队说，他就在这时候对张德利产生怀疑的。尹超提过一句，陈福志和张德利还找过女受害人，说法都一样，因为你的事，我两个手指头没了，一辈子残疾了，你不管谁管。女工离开安城，没准就和他俩的骚扰有关。

陈福志杀的人和张德利抢的人，会有某种隐秘的重合吗？

张德利改成臧德利是耿队帮着办的，还不只这些，耿队还像张德利在安城监狱时那样总去敦煌大酒店找他聊天。耿队明显感觉到张德利出狱后脱胎换骨，说起话一套一套的，耿队拿他没什么办法。现在想想，那段时间成了他经常话聊我。

老孟看出我的心思，明确告诉我，你们耿队现在出不去，除非减刑。他做的这个事没有问题，他的判决也没有问题，两码事。

耿队也笑话我，你以为拍电影呢，我还做不出来卧底这种事。命运馈赠的礼物，早就暗中标注好了价格，早晚得加倍奉还啊。就是出去了，我也当不成警察了，可我没忘我当过警察，这事儿不能就这么完了。

老孟警告我老实待着，操心操心你自己吧，你能不能出去还不一定呢。

他也在等消息。

20

小黄楼一共才三层，但视野感觉很高，坐在二楼像是坐在三十楼，能听到外面的风呼呼地刮。有一块玻璃不牢靠，一过风，颤抖着发出尖叫。二楼不高，从我坐的位置可以看见树梢随风晃动，还看见几只麻雀在枝头待了一会儿。再远处是几栋楼和参差的广告牌，这几年安城大兴土木，盖的楼一个比一个高，最高的一栋绿海大厦都三十二层了，顶上是一个旋转餐厅，据说吃一顿饭得好几百。

我判断了一下方位，老六的敦煌大酒店曾是安城的最高建筑，现在淹没在一片楼宇中。我记得敦煌大酒店在楼顶安装了一个霓虹灯招牌，招牌最上面是一个跳舞的飞天。再晚一点，招牌亮了，不知道会不会好找一些。

老孟到底把打火机玩没气了，跟个傻子似的，继续在那儿咔哒咔哒地打，听得人心烦。我扔给他一颗烟，你闲得啊。从兜里掏出一个打火机，扔给他。他回我，你才是闲的，给我惹出来这么大的麻烦。

我说，要是再给我点时间，我带老臧去做个尿检，可能早就咬实了证据，把他给拘了，哪有那么多的麻烦？老孟听我这么说更生气了，你那是尿检吗？趁着尿检的工夫，把老六揍成那样，现在老六不依不饶，告状信都写到省厅了，你给局里带来多大的麻烦，谁还信你尿检这种话？

我告诉老孟，老六得揍，他事儿不大，不揍就没机会了。老臧不能打，他身上肯定背着挺大的事儿，揍没啥用。

老孟问，你这么说有什么证据吗？

我跟老孟解释，刚才耿队说，老臧像是变了一个人。我觉得不是，老臧是变得不像人了。你是没看见，老臧的宿舍整洁得不像是人类居住的。这么多年,他一个异性都不接触,一个人独来独往,刻苦读书,枕头边放一本《刑法》,都翻飞边子了。一个人把日子过成这样,他得背着多大的事儿啊?

老孟瞪大眼睛,不可思议地看着我,然后呢,这能说明什么?

我拍拍老孟肩膀,说明他有病。

老孟说,你这么能治病,那你给自己把把脉,为什么把你整到小黄楼?

我没估计错的话,局里有人掌握了比我更具体、更确凿的信息,这次行动是针对老臧团伙的抓捕。但是呢,别看阵仗挺大,证据链并没有最终完成,用你出面控制住我,是一个两手准备。一方面老六对我的检举信局里不能不重视,一方面对老臧团伙也不得不收网了。领导们也知道这次行动是一次冒险,关键情节是在抓捕后的审讯上,只有问出想要的东西,才能在法律层面坐实证据链,把今天的一切合理化。一切顺利的话,现在,应该开始审讯了吧。

老孟接了一个电话，放下电话，继续跟我说，就看不惯你这副得意洋洋的样儿，就你聪明，别人都笨死得了呗。告诉你啊，这次你还真猜错了。抓捕是不假，但没老臧什么事儿，抓的是老六。

抓捕老六的行动由省委调查组统一指挥，安城公安局只是配合。更确切的说法是，抓捕老六是甘肃厅和省厅的一次联合行动。老六的罪名长得一张 A4 纸都写不下，主要涉及商业贿赂、非法集资、组织妇女卖淫、领导参与黑社会性质组织等等。

一起抓捕的还有嘉峪关和安城的几个部门领导，两地抓捕同时进行，两地的抓捕同样顺利。权力和金钱苟合，在短暂的花火之后，露出了锋利的棱角。一个又一个被棱角剐到的人，垂头丧气地坐在审讯室。

老六嘴挺硬，可架不住其他人争相交代，生怕交代晚了，失去坦白从宽的资格。

下午五点多的时候，我终于能走出小黄楼。一出门，我就薅住老孟脖领子，警告他要是敢把今天的事说出去，我就弄死你。

老孟顺手给了我一脖溜子，哭啊，你个完蛋玩意儿。

21

那天晚上月亮很大，站在西山的凉亭上，我试图辨认出上次发现一副食塑料袋的那个地方，可是视野所及，黑乎乎的一片。没什么风，天地一片寂静，一弯斜月，悬挂在天之际涯，星辰纷纷坠落，成为大地的一部分。

在不太遥远的更远处，天幕垂落成为大地，大地延展为漫天的星斗。在那里，万物合一，天地一体。

我前两天去看了耿嫂，她愈加地苍白，愈加地枯瘦。家里不像以前那么干净了，桌上落了一层灰。耿嫂张罗给我泡茶，刚放到桌上，又拿走倒掉，重新洗了茶杯。耿队的书柜盖上了一层布，我好像能听到那些精装的《史记》《红楼梦》，在黑暗里疯狂生长的声音。

我带上山两瓶啤酒，就像老臧那天说的那样，都上冰碴子了。喝一口，一股寒气直坠心底，每个毛孔都在疯狂收缩。老臧那天说，他们管耿队的案子叫"11·21"案件，管老徐那个案子叫"7·18"案件，那么高寒那次，他们就应该叫"11·7"案件。我不知道他们怎么命名我这次的事儿，这取决于他们从什么时候开始算，是从小丽出现在我办公室开始，还是我拿枪顶住老臧开始。

他们对事件的指代，甚至人员的奖惩机制，都一板一眼地仿照我们公安系统。就连耿队的话聊，也被他们照章搬走。令人头皮发麻的是，我不知道他们当中还有谁，他们的下一个目标是谁。

更令人恐怖的是，无论对耿队、高寒，还是我，他们连手段都懒得换一下，可就是有效。他们懂得怎么打碎你最在乎的东西，比如耿队的脸面，高寒的爱情想象，我的这身警服。我比他俩能撑，只是因为我比他俩脸皮厚。

直到今天晚上为止，我承认对他们毫无办法，他们并没有触犯什么。可以说耿队入狱、高寒自杀都有其自身的原因，直接凶手并不是他们。甚至于我想知道的那个深层次的原因，也可能只是我一厢情愿的臆想。

我承认情况极其不利，不论是老六还是臧德利，只要他们举报，就我这段时间的做法，扒我身上这套警服是绰绰有余。

臧德利他们可以轻易置我于死地，我连他们的脉还没摸到呢。

下山的时候，我在出煤口那儿站了一会儿，冲出煤口鞠了一躬，现在我又多了一个任务，必须给高寒一个交代。低头的时候，腰里的枪顶了我一下。一个念头闪过，如钨丝断裂时，灯泡里那道奇异的光亮。

我好像找到了一个办法，一个只能如此的办法。

22

老臧像看怪物一样看着我，你这次想怎么搓？

我掏出枪，抵在他脑门上，就这么搓。

老臧沾湿了毛巾，我冲他晃了晃拿枪的那只手。就搓这个胳膊,你用好劲儿,别把我搓走火儿了。

老臧说,其实我挺服你们的,耿队、高寒再到你,都算是重情重义。你们明知道这么做可能出现什么后果,可你们还是不管不顾地往上扑。你们到底是为了啥呢?

我告诉他一共两个原因,一个是法律在那儿呢,我们穿上这身衣服就得对得起我们干的事儿,你可以整我,不能整法律。还有一个原因,我们穿上警服是战友,脱下警服是朋友。朋友出事儿了,按照法律该咋样就咋样,耿队进去了,高寒死了,不还有我呢吗?我出事儿了,还有别人,你信不?我们不为啥,就是必须弄明白了,该我认的,我去认,该你还的,你得还了。这个世界还没脏到你想的那个份儿上。

老臧不吱声,默默地给我搓澡。过了一会儿,叹了口气说,我就是看不惯你们这种优越感。

他这句话让我想起那天在办公室小丽最后对我说的,我不反感你骄傲,甚至爱你的骄傲。可是你太高了,我再踮起脚,也够不着你。我就想试试,把你拉下来,我们肩膀头能不能一般齐,你能不能也像我喜欢你那样喜欢上我。在你这里我坐了十五天，这可能是我这辈子第一次为了梦想努力的十五天。我不要了一个女孩的脸面，还是没能够到你，可是我够着了自己。人跟人不一样，我知道接下来该咋活了。

一道闪电在头脑中炸开。臧德利的所作所为，是不是也是为了证明，我没有和你一样的优点，但你有和我一样的缺点。

我想起他话聊耿队时说的一句话，一个见义勇为能抵扣半个抢劫吗？他见义勇为过，他也抢劫过，这两者之间存在什么必然的联系吗？

我故意把话茬引到老臧见义勇为那次上台领奖，报纸、电视台的采访报道上来，果然引发了老臧滔滔不绝的回忆。他不光记得自己的每一个细节，还记得周围人的反应。趁他说得唾沫星子飞溅的紧要关头，我迎头给了他一闷棍，那个不是你，现在这个才是你。

老臧习惯性地往怀里抓了一把，他很快就发现，因为工作需要没穿上衣，光着上身，没法再藏一把修脚刀。

我继续刺激他，你们还敢仿照我们公安局，还"11·21"

案件。我们抓案子，都是先做无罪推论，就是当事人交代了，我们也得靠证据定罪。你们呢，事先认定有罪，即便是无罪，也得引诱别人犯罪，去贴合你们的假定。你们心里头都是埋汰东西，你们看谁都埋汰。

你还真把自己当处长了，你就是当了局长，也根本就上不去老六的桌。那次见义勇为帮你开了一道门，也就是让你见识了一下，门就关上了。你这辈子只能靠着反复回忆那一次活着了，你一辈子都得是残疾，太他妈可怜了。

老臧脸色苍白如纸，眼睛充血，他手上用劲儿，干枯如鸡爪子一样的手指迸发出铁钳般的咬合力，我手腕断了一般剧痛。我的声音如冰一般冷，你知道你为什么贱吗？因为你做了一次好事儿，就觉得全世界都欠你，都得还你。你的贱是看了再多的书也弥补不了的……

我听见右手腕骨发出一声轻微的脆响，锥心般的疼痛蔓延到全身。手枪掉落的瞬间，臧德利伸手接住，朝我开了一枪。

我笑了。

23

2012年春天的时候，文洁和耿嫂一起来看我，她俩给我带了一饭盒新包的饺子，一副食的熏鸡爪和一条老巴夺烟。

耿嫂告诉我，臧德利判了，死刑，估计快执行了。耿队减刑了，还有一年就能出来了。

文洁告诉我，那次见义勇为是臧德利人生的转折点，他迎来了人生最高光的时刻，接受采访、拍照、表彰。也因为那次见义勇为，他迎来了人生最灰暗的时刻，撕扯时，尹超踢了臧德利一脚，无巧不巧，让他丧失了生育能力，阳痿。臧德利人生的最高点和最低点都发生在这一个时刻，心理上巨大的失落感，通过身体上的缺失时刻提醒他，臧德利一辈子再也没能走出那一刻。

李福志是他的第一个受害者，在臧德利失去的生育能力面前，李福志失去了两根手指是有罪的。再后来，那四个恋爱中的男女成为受害者，在他眼里这个世界上每一个幸福的人都是有罪的。再再后来,耿队和高寒成为受害者,他不相信正义,正义就是有罪的。为了验证他的想法,他不择手段去证明,去毁坏。他恨所有美好的东西。

耿嫂说我和耿队一样,太耿直了,都什么年代了,人家都是差不多就得了,就你们较真,还仗义。净顾着别人了,不顾惜自己。

文洁告诉我,她妈把我们结婚的被都做好了。小叶子要当傧相,衣服都买了,曹局告诉她好几回了,说他得当证婚人。你出来那天,咱们就结婚。

小黄楼改成了探监室,坐在二楼,能看见窗外的电线上停了几只燕子,一身乌黑,嘴角嫩黄,跳跃,呢喃。远处是连绵的楼宇和湛蓝的天空。再远处太阳光线如箭矢一般,穿透一块乌云,笔直地射向地面。

我对文洁说,嗯。

夜宴

1

最近这两年，一到周五，陆辰就想法儿出去，最常说的理由是"谈事儿"。沈一有时候问，有时候不问。估摸着沈一快下班了，陆辰给她微信留言，"今天陈台生日，怎么也得过去热闹一下。"过了一个多世纪，沈一才回了一个思考的表情。

自打 4 月 20 号以来，这是陆辰参加陈台的第四个生日局了，每次做东的人都不一样，不管认识不认识，每次陈台都喊上他和老袁，说过来一起坐坐，多认识几个人。认识多少人不记得了，中英文生日歌倒是越唱越着调了。

陆辰跟沈一说："只要不出 5 月 20 号，就还是金牛月，都算。"

今天做东的是一个胖子，白城人，做茶叶生意的。口气挺大，说是安城的茶叶都得过他一遍手。刚从白城赶过来，左腿打着石膏，拄一副拐，见谁跟谁解释，"没啥事，前两天下车，一个没注意，挫着筋了。"看人到得差不多了，他张罗大伙入座，"就差袁老师了，咱们边喝边等。"

因为有生面孔，落座后照例要介绍一番。一个中年人冲陆辰举杯，"陆教授，久仰大名，今天见着真人了，看着比电视上还年轻。"这人年纪应该不大，但头发半白了，听陈台喊他老弟，关系应该不一般，可又坐在不重要的靠门位置。他说也喜欢历史，下载了陆辰在电视台上的《明史十八讲》音频，没事就听，受益匪浅。他请教了几个问题，有的明显是来自野史，有两个确实还挺有质量。在酒桌上，陆辰也不好展开了回答，简单说了说，继续喝酒。

那天陈台高兴，多喝了几杯，话比平时密，和陆辰感慨了好几回，"老袁咱们几个认识多长时间了，不容易啊。"整得陆辰有点蒙，不知道哪儿不容易。

老袁是一个广告导演，除非是出去拍片子，每次聚会都提前到，自带茶叶，先喝一壶茶，再喝酒。他说喝酒得用茶叶垫底，通透。像今天这样一直不出现还没个信儿，有点反常。陆辰给老袁发微信，过了好几个世纪，才收到几个字"今天过不去了，有点事儿"，配了一个捂脸的表情。

茶老板带一个女生过去给陈台敬酒，陈台喊陆辰也过来，先跟茶老板介绍陆辰，"这位是陆教授，咱们安大的才子，没事你们多交流，文化和商业结合，才都有机会做大。"茶老板介绍女孩，"这位是雪儿，制片人，以后请陈台多关照。"女生长得娇小，看着各方面都不大，碰杯的时候，酒杯下移，腿也跟着屈膝，看样子又老练又生涩，应该是一个顶硬的人。

陆辰喝完，回到座位，邻座两个人已经交流得很深入了，一个人向另一个人介绍身边的女孩，"她是我唯一带过来介绍给你们认识的女性朋友。不是，不是，不是女朋友。我好好表现，进一步发展发展关系，争取把性去掉，变成女朋友。"另外一个人说："都成女朋友了，性咋还没了？这得出多大事儿啊？"

大家大笑，女孩也跟着笑。

陆辰发现邻座的女生有些异样,女生解释,"明知道他在胡说,可女生听了还是会感动。"陆辰没明白,"哪句?女性朋友还是女朋友?"女生回答:"唯一。"

那天照例喝了很多酒,白的、红的空瓶子摆了一溜,看着蔚为壮观。陈台照例清唱了一段《红娘》,"叫张生隐藏在棋盘之下,我步步行来你步步爬,放大胆忍气吞声休害怕,跟随我小红娘你就能见着他。"陈台身高体宽,有赳赳武夫之姿,可声音纤细、清亮,正宗的荀派唱法,虚字润腔,偶有滑音,照例引来一片喝彩。

酒喝得差不多了,去洗手间也频繁了,偶尔还得在门口等一会儿,里面的人一边擦手一边往出走,外面的人再着急忙慌往里进,包房显得忙乱。刚刚向陆辰请教历史问题的那个人,在一边闷头踹茅台酒瓶子,说是要里面的玻璃珠,好串门帘,不招蚊子。

安然就是在这时候喝多的,陆辰看她拎着分酒器打了两圈儿,就发觉不对劲儿了。走道还算正常,可开始抢着喝酒,抢着说话。她说她最大的愿望就是炸了地球,不行,在炸地球之前，先炸了江南那个如家，不让我常住，嫌弃我养猫，我的猫那么乖……这帮王八蛋，狗眼看人低。

安然是老袁喊来的，老袁没到，这些人里也就陆辰和她熟一点，在酒局桌上见过几回，陆辰知道她原来是一个模特，现在当演员，在两个电视剧里演过女三号。

散场的时候，大家反复拥抱，反复告别，一再约下次聚，才纷纷乘车离去。

陆辰叫了代驾，显示还得五分钟，就回到大厅里躲躲风。都5月份了，晚上的小风还是有些凉，都是拉尼娜给闹的。一进大厅，差点踩到一个人，安然抱着头蹲在地上，露出雪白的后腰，昏昏欲睡。陆辰问她，开车了吗？住在哪儿？要不送你回去？

直到陆辰连拖带拽把她塞到后座上，安然才含混地吐出一个连锁酒店的名字。代驾和她确认是江南那个还是江北那个，可她睡着了。

等陆辰回到家的时候，酒醒得差不多了。沈一已经睡了，陆辰悄悄躺下，想了想，还是起来，趴到沈一身上，做完了每周五必须做的作业。

直到第二天中午，陆辰才知道昨天出事儿了。

2

安城的三江原来是一个大水泡子，安城人都说这个水泡子比安城资格老。要是倒腾这事儿，得倒腾到康熙平三藩那时候。康熙有帝王的魄力，可也小心眼。平三藩这么大的事儿办完了，该赏的厚赏，该罚的重罚，可捎带手把一个叫蔡毓荣的也给收拾了。蔡毓荣参与过平叛，按理说有功，这回摊上事儿好像是因为纳了吴三桂的孙女做妾之类的，反正是男女关系问题，就给贬戍到了黑龙江。老蔡一家十好几口子顶风冒雪走到现在的安城这块，要吃没吃，要喝没喝，抱在一起哭，这个水泡子就是老蔡家的眼泪，又叫蔡家泡子。

2000年的时候，安城城改，把蔡家泡子改造成了一个人工湖，沿边种了柳树，修了花坛，放了一些长木头椅子。有头脑活络的，打起了人工湖的主意，买了点大鹅、鸭子形状的充气船，扔到湖边，五块钱划半小时。虽然偶有翻船，小孩子淹得翻白眼，收款摊子被家长砸了多少回。一到周末，照样得排队。

市委的刘书记喜欢读书，在比对若干本当地历史文献后，他发现安城早期不仅有过一个官至从一品的蔡毓荣，还有老毛子活动。刘书记其实是副职，但主抓安城的文旅和城建，有实权。他判定安城的气质里其实兼具了满族文化和俄罗斯风情，这在全中国都属独具特色，就给安城制订了一个中西合璧的旅游发展计划。在第一个五年计划里，就冲人工湖下手，往长里扩，起名叫三江，还建了桥，实现了南北互通。他说，水是一个城市的灵性，没水不行。现在安城江南江北的叫法就是从那时候开始的。

女尸是在江桥上发现的。穿戴齐整，坐在那儿，低着头，长发遮住脸，身旁一摊呕吐物。路过好几个人，都以为喝多了，没太在意。一个老太太看姑娘露着雪白的后腰，想过去帮着遮掩一下，才发觉不对劲儿。

刑侦队长耿斌带人赶到的时候，辖区派出所的同志也刚到。警戒线还没拉好，高低错落地围了一堆人，指指点点，议论纷纷。耿斌一下车就开骂，小民警吓得腿肚子直转筋，嗓子都喊劈了，人也没咋挪动地方。这边警戒线刚拉好，一把没拽住，眼睁睁地看着一辆三轮子突突地闯过去，撒了半个桥面的浓烟。

人还没散，视频已经传网上去了。现场指纹还没提完，网上已经给破案了。

有的说，女的是一个大官的小三，男的玩腻了，不搭理她了，女的威胁要去举报，男的一慌，就给弄死了。有的说，女的是大学生，创业失败，贷款都还不起，自杀的。有的说，女的是大学生不假，也兼职陪酒，喝多了，吐客人车上，让人扔下车，冻死的。还有人说是吸毒过量，没死，发现的时候还有口气。

更过分的说法是，在哈尔滨干大事儿那个连环杀手到安城了，这个女的都已经是第三个了，以前那几个公安局都没敢声张。耿斌让曹局长骂哭好几回了，过两天，省里就得下来人，这下安城要出名了。

刘书记费了那么大劲，把水泡子硬是整成了三江，也没让安城出名。这回倒是出名了，就是不知道出这样的名，能不能带动安城的旅游，能不能给老百姓带来点儿实惠。

3

安城公安系统的老人都知道刑侦队长耿斌有点口吃，平时话不多。开会的时候，都是先听，深思熟虑了才开口，一张嘴，都在点儿上。今天明显有点不讲理。

侦查员小苏先是汇报基本情况，"死者，女性，体重五十四公斤，身高一米七二，年龄在二十二到二十九岁之间，死亡时间应该是今天凌晨两点左右……"

耿斌问："什么叫应该？"没口吃，口条挺利索。

小苏倒是口吃了，停顿了一下，"死亡时间是今天凌晨三点左右……"

耿斌又问："左还是右？"

小苏翻了翻技术科的文件，"死亡时间是今天凌晨两点十分到两点四十分之间。"

小苏又停顿了一下，看耿斌没什么反应，就继续汇报，"经过初步检验，死者胃里除了乙醇成分还有抗生素，死亡原因应该……死亡原因就是双硫仑样反应……"

耿斌仍然歪着头反问："就是？"

小苏让耿斌彻底整不会了，愣在那儿，没敢吱声。

耿斌看他不说话了，又问了一句，"这会还怎么开？"骂的是小苏，眼睛看的却是会议室里的两个记者。

记者是安城电视台的，在给安城公安系统拍纪录片，目的是向人民群众展现我公安干警的工作生活，加深警民关系。听曹局那意思，还涉及明年财政给公安系统拨款之类的大事儿。这段时间干警们吃饭、开会、出现场，都有两个记者抱着机器跟着。干警们觉得胡闹，私底下没少抱怨，"咱们是警察啊还是演员啊。"话传到耿斌耳朵里，还被耿斌骂过。

这回不知道哪根胡子没捋顺，耿斌先急眼了，问两个记者，"你们说，这会还开吗？"

两个记者这才明白,耿队的邪火是冲他们俩来的。那个姓尹的女记者还想说点什么,被另一个记者拽了一下胳膊,俩人都出去了。会议室里的人长出了一口气。

耿斌先安排人调查死者的身份,叮嘱"祖宗三代都给我捋明白了"。又对大伙说:"根据法医的鉴定结果,死者喝酒加上吃了头孢,双硫仑样反应,死于急性心衰,不排除是意外或是自杀的可能。我们接下来的工作进入到排查取证阶段,要弄清喝酒和吃药,哪个在先哪个在后。调查昨晚死者在哪里,和谁喝的酒,又是怎么出现在江桥上的。工作要细,我不但要知道和谁喝的酒,还要知道谁先到谁后到,酒桌上都说了什么,都怎么回的家。"

4

在安大一百多位副教授里,陆辰是最不上进的,不申报课题、不申请职称、不带研究生。闲云野鹤一只,有课来,没事绝不出现。陆辰又是安大最受欢迎的教授,每回有他的课,历史楼前都得聚上几十号学生,有的老师抱怨怎么跟追星似的。

陆辰主张,"研究历史首先要研究人,历史事件都是人干的,是人就逃不开那点破事儿,无非是那么点蠢蠢欲动的欲望,在主观的肿胀与客观的压抑间翻来倒去。"陆辰讲历史旁逸斜出,常常质疑,偶尔颠覆,一堂课下来,听得学生们在直冒冷汗和笑出眼泪两个模式间来回切换。

听陆辰的课,得提前占座。

这还不是最重要的,吸引女学生蜂拥而来的是陆教授撑人的能力,出其不意又能自证方圆,不动声色又妙语连珠。陆辰的课堂上提问踊跃,很多女生来上课就等着提问后被撑那一刻,只有这一刻发生了,这堂课才算值了。

在上陆辰的课之前,有的女生搽胭抹粉,尽可能地捯饬自己,她们管这叫增加视觉摩擦力,先黏住陆教授的眼睛再说。至于想要达到什么目的,她们自己也不知道。

除了官方的开学仪式,新生私底下还有一个入学仪式。通常都是在老乡聚会的酒桌上,只有被老生普及完那段安大野史，新生才算正式入学了。

话说在历史系的陆辰教授还愿意带研究生的时候，开除过一个带了快一年的女生。女生开始苦苦哀求，一哭二闹的，后来站到历史楼的楼顶，威胁说要跳下去。陆教授是真不惯孩子啊，最后还是发生了安大自打建校以来第一个导师中途退了研究生的事。

这件事闹得满校风雨，说什么的都有，有的说是女生对陆辰动了心思，陆教授不为所动，继而在安大的女生中间一度流传陆辰是不是同性恋的说法。根据就是长得帅、衣品还讲究的男生，都不大喜欢女生。

还有一种说法，在女生爱上陆辰的时候，陆辰也爱上了那个女生，当他发现自己竟然也有一点点动心的时候，魔鬼一样恐怖的理性占据上风，陆辰把女生给开除了。这一判断的依据就是，陆辰之后说过一句话，"婚姻的发展曲线与人类的历史进程一样，是循环往复的。和谁在一起，过几年都一样。"

自从出了那件事之后，安大的女生尤其喜欢和陆教授玩这种危险的游戏。这个冷血动物，又危险又性感。

今天捯饬得花枝招展的女生还是失望了，陆辰下课就走，连提问的机会都没给大家留，理由是"有事"。

好几个女生眼睁睁地看着他那辆黑色的路虎冒着黑烟往外逃。女生们没有注意到，陆辰的路虎车刚开走，一辆车也随后跟着离开。

5

让陆辰诧异的是沈一竟然在家，原来女强人也有偷懒的时候。沈一有点不自然，解释说，"今天事不多，打几个电话就行，就不去公司了。"陆辰随即露出一丝歉意，"陈台那边，找机会，我再催催。"

沈一过来拥抱他，让陆辰有点不知所措。借着拥抱的机会，沈一闻了闻陆辰的头发，洗发水的味道没变，第一个嫌疑点排除。

沈一得寸进尺，亲吻陆辰，陆辰下意识躲了一下，很快又礼貌性地迎上去。沈一亲了一下，像是吃了什么东西回味一样，舔了舔嘴唇，又亲了一下。唇上没有异味，第二个嫌疑点排除。

沈一不撒手，用脸蹭了蹭陆辰左脸，又蹭了蹭右脸。安大在家的北边，现在是下午时分，太阳的位置偏西，陆辰左脸比右脸红热，应该是上完课，直接从学校回来的。第三个嫌疑点排除。

沈一告诉陆辰，"今天做了蘸酱菜，我还买了老孙家的干豆腐，用水烫过了，你去洗洗手，好卷菜吃。"沈一反感陆辰吃蘸酱菜，说是受不了大酱那股味儿。从进门的拥抱到做了蘸酱菜，陆辰愈加确定今天沈一不对劲儿，可还是做出高兴的样子，"是吗？你给阿姨下命令了？"沈一说："没让阿姨过来，今天都是我做的。"

陆辰很精细地洗手，支棱起耳朵，听见沈一在饭厅和厨房来回穿梭，暂时没有异常。他盯着镜子里的自己，和平时没有两样。按洗手液的时候，停了一下，打量卫生间，无新增物品，原物品基本还在旧位，没有异常。

房间里出现了什么响动,很微弱,但一直持续。两人仍然各做各的事,沈一仍然往返于饭厅和厨房,陆辰还继续在洗手间洗手,但耳朵和眼睛雷达一样全范围扫描。声音渐强并伴随有振动声,两人同时意识到,是陆辰放在双肩包里的手机在响。两人都故作不理,沈一慢腾腾地端菜,陆辰慢腾腾地洗手,电话铃声越来越大,如炸雷一样轮番滚过。

沈一说:"今天喝点酒,你车里还有茅台吧。"

陆辰说:"你不是喝不惯酱香型的吗?要不还喝红酒吧,我陪你喝。"

沈一坚持,"今天的菜适合白的,我下去取一下,你等我。"

沈一坐到陆辰的副驾驶,吸吸鼻子,辨闻气味,再感受一下座椅的位置,打开化妆镜看了看。趴到前后排,检查座位、手套箱、后备厢,连脚垫都掀开看了,第四个嫌疑点排除。

关上车门,沈一想了想,又按开车门,把前排扶手箱的票据悉数揣进兜里。

趁着沈一去取酒,陆辰快速检查了一遍各个房间,他原来没太留意过这些，现在也看不出什么异样。

晚上，陆辰像周五那样做出兴致盎然的样子，跟沈一过了一次夫妻生活。这周生活超标，不那么敏感，用时较长。完事儿后，他想去书房睡，上了一趟厕所后，想想不妥，只好又回到卧室。躺下后，把手机塞到枕头底下。

趁着陆辰上厕所的工夫，沈一发送了一条信息，"暂未发现异常"，盯着发送完成，随即删除。

6

"精子在女性体内不同部位的存活时间不等，在阴道存活时间一般只有两个小时，而在输卵管内存活时间较长，可达二十四到七十二小时，也就是说，精子在女性体内一到两天还是可以检测出来。"

在曹局办公室里讨论这样的问题，耿斌还是第一次。别看四十出头了，耿斌还一直未婚。有人给他介绍过几个，曹局的媳妇也拉着表妹和他喝过咖啡，可耿大队和女孩喝咖啡是真喝，半个小时连干了三杯。女孩都没能长远，倒是落下了喝咖啡的瘾。

耿斌喝了一口咖啡继续说："昨晚的江桥女尸案，死者体内残留有精液，量很少，技术科的同志说，这种情况一般可以判定，性行为不是当天晚上发生的，但也不排除当晚进行的是体外射精。"

小苏补充道："现场没有打斗的痕迹，强奸的判断依据不足。当然，从种种迹象看，死者的位置应该不是案发的第一现场。"

耿斌听到应该两个字就过敏，抬头看了一眼小苏，小苏连忙低头摆弄手里技术科传过来的文件，装没看见。

曹局肯定了刑侦一队的办案思路，以发现死者的江桥为圆心，分别以十公里和二十公里为半径，调取可能调取的所有摄像头资料，重点排查辐射面内的饭店、餐馆、KTV 等营业场所，同时在全市范围内启动 DNA 比对。

汇报结束，曹局叫住耿斌，"你小子咋回事？"

耿斌装傻，"没咋地啊，咋地啦？"

曹局只好明说:"你为什么不配合尹记者?"

耿斌说:"我配合她可以,可她也得穿上裤子啊。"曹局也注意到了,尹紫玥穿了一条黑色的瑜伽裤,虽说是套了一件卫衣盖住了屁股,可腿部的线条确实有点不像话。

曹局说:"别跟我扯这些没用的。这次的纪录片拍摄是任务,你小子必须给我完成任务。"

耿斌说:"那我是警察啊还是演员啊?"

曹局骂人了,"你是混蛋,王八犊子!"

曹局抽了两口烟,语气缓和下来,"纪录片的拍摄,是市委刘副书记亲自抓的,电视台那边也派出了最精锐的拍摄团队,至于目的,就不用我多说了,这关乎我局甚至是我市整个公安系统的形象,必须严肃对待。"

耿斌点头,"只要她别总在我眼前晃,我头拱地都行。"

7

安城人性子浑,自古就不好管。

1949年以前，这一带总闹胡子，没少干砸窑、绑票这类祸害老百姓的事儿。不过说到哪儿是哪儿，安城人性子浑是浑，打小日本那阵儿也真不含糊。蔡家泡子一带原来有三个绺子，平时三伙人总掐，都看对方不顺眼，可就因为一个绺子和日本小队打起来了，其他两个绺子的人都奔过去搭把手，说是不能让一帮子外来户给欺负了。谁承想这一打就是三天三夜，三个绺子两千多号人都折在这儿了，日本人也撂了满山的尸体。后来县志记载，"绿木赤染，血腥味儿三年不绝"。

远的不说，前几年下岗那阵子，安城也闹过刨锛的，钱没抢多少，真有人脑袋被刨锛敲出窟窿的。

这几年好多了，大伙都想明白了，这世界上没什么真正的仇恨，都法治社会了，有那时间，多挣点钱多好。这也符合安城人的历史属性。

陆辰今天嘴特别碎，好容易回到正题上，他跟小苏强调，那天吃饭一切都正常，喝的酒正常，说的话也正常，符合他对安城当代夜生活的观察和理解。

小苏问："那散了之后呢，有什么不正常的吗？"

看陆辰眼神飘忽了一下，小苏心里有点谱了。点了两根烟，递给陆辰一根，装作很随意地问了一句，"你老婆知道了吗？"

陆辰拿烟的手哆嗦了。

那天晚上陆辰还是决定送安然回去，一个女孩，醉得那么厉害，不安全。她说住在如家，又说不清住在哪个如家，陆辰让代驾挨个儿问，安城一共三个如家，也就是费点时间的事儿。那天他也喝了不少，头脑滞重，手脚轻浮，时间一长，两人在后座互相倚靠着睡着了。陆辰先醒的，这时候代驾已经问过了江南那两家，正往江北赶。陆辰醒了但没动，安然的体香沁入鼻孔，像一根火柴，陆辰的心里开始着火。他送安然回的房间，然后，两人就在酒店的房间里做了。

小苏安慰陆辰，"陆老师，那种情况下，又喝了酒，没有几个男人能扛得住。"

陆辰自责，"人和人之间有一个安全距离，最好的避险方式就是不让危险出现。我破坏了和她的安全距离，是我的错。但这属于私德问题,还没刮拉到法律层面。"

小苏没搭理他这茬儿,继续和陆辰探讨学术问题,"陆老师,你本科就是学历史的吗?你学过化学吧?"

陆辰纳闷,"我只在初中学过化学。"

小苏问:"你咋不学化学呢?化学那玩意儿厉害,能杀人,像是文学啊、历史啊,好像用处不大。历史能杀人吗?"

陆辰摇头,"历史不具备任何威慑性,杀不了人,历史成不了杀人工具。"

小苏问:"那你这次干活儿用的是初中化学吧?"

陆辰不解,"用……干什么?"

小苏慢条斯理地说:"你是用历史强奸了她,用化学杀害了她,又用物理抛的尸,对吧?"

8

耿斌训小苏,"长能耐了,还历史,还化学,你给我念念这份 DNA 鉴定结果,尤其是这三项数据,还有最后这

0.999999，都是什么意思？"

　　小苏小声嘀咕："精液不是陆辰的。"

　　耿斌更来气了，"光精液不是陆辰的吗？死者是安然吗？"

　　耿斌倒出几根烟，在桌面上比画，"那天的饭局上，主位坐的是陈台长，陆辰坐在这儿，安然坐在这儿，和陆辰斜对面。死者邢艳丽坐在这儿，在陆辰边上。"

　　小苏说："陆辰也提起来过，那个女的还和他感慨，好像是男人胡说，她也感动之类的话。"

　　耿斌看了小苏一眼，小苏连忙改口，"死者，也就是邢艳丽感慨说，男人即便是顺口胡诌，说她是男人唯一带过来见朋友的女生，她也感动。"

　　耿斌说："DNA比对结果表明，留在邢艳丽体内的精液不是当晚参加饭局的人，恰恰是一个没有参加饭局的人。也就是说，邢艳丽在饭局结束之后还见了人，这个人有重大嫌疑。"

　　小苏问耿斌，"耿队，我可以表达意见吗？"

　　耿斌示意可以，小苏说："你和我姐的事是你俩的事儿，你不能把对她的气都往我的头上撒啊。"

耿斌纠正他,"又不严谨,是你表姐。"

9

老袁是在隔壁省的榆树市被捕的,他没敢乘坐飞机、高铁等任何一类交通工具,自己开车,往南边跑。怕摄像头,都没敢走高速,专挑小道儿。对这种小把戏,耿斌的评价是:"跑了他卖切糕的。"

老袁忘了前两年在市医院做过一次阑尾炎手术,就算没有当晚他回陆辰的那条微信,血液样本也把他锁死了。耿斌好奇的是,他和邢艳丽是什么时候搞到一起的?

老袁瞪大了眼睛,露出满脸的迷茫,"邢艳丽?我不认识啊。"

小苏把邢艳丽的照片给他看,老袁反驳,"她不是邢艳丽,她叫茉莉。"

耿斌气笑了,"老袁,按理说你们拍广告的,和拍电影的一样，都叫导演，脑袋瓜子应该都好使啊。名字只是一个代号……"

老袁反驳，"不对，不是代号，名字是一个人的符号，符号里藏着这个人的家世、经历、文化、气质等等一切。她叫茉莉，我喜欢她，她叫邢艳丽，我不会喜欢。你说，我一个导演，怎么可能喜欢一个叫邢艳丽的？"

耿斌不想和他纠缠，让小苏把老袁眼镜摘下来，警告他，再胡搅蛮缠就把你眼镜腿当面撅折。老袁老实了。

老袁和邢艳丽是在一次酒局上认识的，加了微信。没说过话。在不同的酒局上又碰见过两次，仍然仅限于敬个酒、恭维几句。两人关系的质变是在上个月的某一次酒后，邢艳丽那天心情不大好，还没散场，就吐了两回，倒在包房的沙发上。老袁第二天要出去拍片，得回去再准备准备，大伙就让他把不赶第二场的茉莉送回去。

虽然第一回见面，老袁就说茉莉这样的女人屁股浑圆紧翘，手感应该挺好，直到那天晚上，他才知道茉莉的屁股手感确实好。

耿斌向老袁请教:"我请教你一个问题啊,在你们这帮成功中年男性眼里,酒精是什么?酒精是让你们变得是人了还是变得不是人了?"

老袁首先肯定"这个问题很好",然后指点说:"要回答这个问题,得进行一次样本庞大的社会调研,我个人不具备发言权。"

耿斌说:"是,我这不正在进行社会调研嘛,你是我的第二个调研对象,说说你的想法。"

老袁说:"就我个人而言,酒就是酒,不是什么别的。"

耿斌问:"你和邢艳丽第一次上床,不就是因为喝了酒嘛。"

老袁说:"我要说是因为一件牛仔短裙,你信吗?"

老袁说他初恋女友也穿过一模一样的牛仔短裙,老袁请教耿斌,是因为穿了一样的裙子才显得屁股一样好看,还是因为屁股一样好看才选了一样的凸显屁股的裙子?当然,老袁也强调,他爱的不是牛仔短裙,爱的是牛仔短裙里的人,他和茉莉就相当于他的第二次初恋,"要是能和她在一起,我可以抛弃一切，死了也愿意……"

耿斌虚心求教，"我还不大懂，你能说说具体是什么样的感觉吗？你追你媳妇那阵儿，是这种感觉吗？"

这个问题把老袁难住了，抓耳挠腮，长吁短叹，想了好久，耿斌在一边耐心等着，像是一个遇到难题的学生等待老师的答案。

老袁说："好像一样，好像又不一样。我是大三追的她，毕业结的婚。她答应的时候，我也挺激动，但这种激动就像是该得的。说句不好听的，年轻那时候，女朋友嘛，不是她，还会有别人。茉莉这回不一样，到了我这个年龄，人到中年，早就没有那份心思了。就连平时聚会，都是和哥几个聚，有女的在场，顶多嘴上撩骚几句，也就是看她们害臊的样子，过过干瘾，没啥实际想法了。我也纳闷，怎么人一过四十，别说爱情，连性生活都厌倦了，每回和老婆做都嫌麻烦，还不如自己动手。"

耿斌问他，"你怎么这么灰呢？不应该啊。这几年你拍了多少广告，挣了多少钱咱先不说，你这种怎么也算事业有成吧。媳妇是你大学同学，听说你那儿子还是一个学霸，这算是家庭幸福吧……"

老袁打断耿斌，"耿队长，别看你也四十多了，像你这种没结过婚的，根本没资格谈论生活。婚姻比生活残酷多了，你有时间真得多请教请教我。我承认当年是我追的我媳妇，追得还挺费劲。不瞒你说，结婚那天我还哭了，高兴的，太他妈激动了。参加婚礼那帮哥们姐们也跟着我激动，嗷嗷乱叫，祝我们天长地久。现在我才明白过味来，祝两个人爱情天长地久，是这个世界上最他妈恶毒的诅咒。"

耿斌问："咋地呢？"

老袁说："时间一长，习惯了，俩人在一起，都没有性别意识了，还能有什么感觉？我今天坐在这里，终于能说出这话了，真的，我也知道茉莉不是什么好女人，可和她在一起后，我又是男的了。你知道吗？让一个男人做男人，真他妈的好。"

耿斌说："好吗？我咋没看出来呢？要是真像你说的那么好，你为啥掐死她呢？"

老袁说:"别跟我来这一套,你们这套业务我熟,你诓不了我。还掐死她,我到底是个导演,做不出来那么粗鲁的事。"

耿斌说:"那就说点文明的,你跟邢艳丽,就是茉莉,你们俩的爱情怎么就变了呢?"

老袁说:"她对我俩的感情还是要求太高了。"

耿斌,"有多高?"

老袁说:"有三百万那么高。"

耿斌不动声色,"邢艳丽什么时候管你要的三百万?"

老袁说:"上周三,在陈台长生日宴后,我俩一起回她的住处,她在车上提出来的。"

耿斌说:"你不是说爱她吗?为了她能抛弃一切,死了也愿意,三百万算啥?"

老袁说:"按理说,我要是凑吧凑吧,凑出来三百万,也不是没可能。可是我只能给她爱情,三百万我给不了。有那三百万我还留给老婆孩子呢,要不,我走了,他娘俩咋过啊?"

耿斌说:"那我可不可以理解为,你俩的爱情还没到三百万那个地步。"

老袁说:"你能不能不这么庸俗,爱情怎么可以用金钱衡量?"

耿斌想揍他。

10

刘书记硬挖出了一个三江,安城就此分成了南北。习惯上,安城人管江北叫新城,江北很现代化,有一个大型购物广场、一个品牌直销购物中心和一个高端会员制商店,安城最贵的别墅区也在江北。

江南是老城,还保留着大量八九十年代的老楼。据说刘书记考证出安城保存有俄罗斯建筑风格,就是在这些居民楼里辨认出了赫鲁晓夫楼。一些老厂子都在江南,大部分荒废了,可门脸、厂房、大烟囱还在,街道狭窄,两辆马车的宽度,但树木高大,依稀看得出昔日的威风。

尹紫玥开车猛，拐弯都不带减速的，沈一不愿坐她的车，嫌晕，但是现在她还嫌开得不够快，恨不得一步就到尹紫玥说的机械厂家属楼。

前两天，沈一把两张加油发票交给尹紫玥的时候，心情还是挺复杂的。尹紫玥没心没肺地拍着她那A罩杯的胸脯说："你放心，我们记者和警察一样，没有破不了的案。"

在陆辰那辆路虎的扶手箱里，只有这两张加油发票是最可疑的了。陆辰是在安大江北的新校区上课，家也住在江北，加油站却在江南，加一次油绕了大半个安城，而且还不止一次。她无法不往外室、小三、金屋藏娇这方面想。

自从停薪留职开了一个文化公司以来，前几年得益于安城的文旅扶植政策，一路顺风顺水，沈一心气颇高。这两年老项目不行了，新项目起不来，前几年挣的钱，眼瞅着往里搭，这让沈一萌生退意。要是陆辰说的陈台介绍的那人能投资入股的话，就再支巴两年，要是不行的话，还不如回国土局省心落意地上个班。

事到今天，沈一觉得很多事情都能看开了。起码她有点后悔在局里上班时的一些做法了，太幼稚。现在想想张处那样子，也挺可怜的，不就是想往上爬嘛，不就是做得太穷形尽相了嘛。她有点为当初的愤世嫉俗感到可笑。

　　对于陆辰，她也不像前几年那么手捂手按着了，今非昔比，老公熬到全省知名教授、专家，再也不是从农村出来的愣头青了，这证明当初没看走眼，押对了赌注。公司亏损，婚姻上倒实现了盈利，也算是收入大于支出，做事就不能再像以前那样抠抠搜搜的了。

　　沈一知道，陆辰这两年一到周五就往外跑，说是谈事，其实是反抗她只能每周五过夫妻生活的规定。她也理解，结婚这么多年了，对那事没有以前热乎也正常，但她不敢想象，陆辰和别的女人上床的样子，一想就妒火中烧，牙都咬碎了。这种感觉只在她毕业那年，发现保研名额被老师内定给别人的时候有过。

　　尹紫玥把车停在一个老旧居民楼前，叮嘱她说："沈一梵，说好了，我是相信你能处理好，才带你过来的。你这个人自私是自私，可也好脸儿，我赌你遇到这种事不会像别的老娘们那样撒泼打滚。还是那句话,留个证据,先把握主控权,以后怎么做,再想。"

这一片说是机械厂家属区,可没啥年轻人了,住的都是退休职工,老头老太太们聚在一起,唠的都是工龄、退休金、涨了几级工资这些事儿。前几年退休金发不出来,大伙儿怨气很重,现在退休金足额发放,怨气还是很重,嫌少,嫌涨得慢。理由是,现在的馒头多少钱,过去的馒头多少钱。

他们也议论那个江桥上的女尸,愤愤地说,要是毛主席那阵儿,谁敢这样?公安局不是说有案必破吗?这都几天了,破哪儿去了?

老头老太太回家吃饭去了,沈一还没下来,尹紫玥等不下去了。她害怕一推门看见满屋子血。实际上,她想多了,屋子里只有沈一一个人,看样子呆坐了很久。

快到家的时候,尹紫玥实在憋不住了,冲沈一喊,"看你这样,就他妈闹心,上学时那能耐哪儿去了。发现点啥没有,倒是吱一声啊。要是他真养了小三,咱们就弄死他。"

沈一缓缓摇了摇头,"那个房子,和我第一次去他家时的摆设一样。"

尹紫玥一脚刹车,停在马路中间,"啥意思?"

沈一说:"他不是养小三,是养自己。"

尹紫玥问:"啥意思?"

"他租这个房子,是为了躲我。他在这儿找家的感觉呢。"

尹紫玥也愣住了。

11

沈一比陆辰大四岁,是陆辰追的沈一。那时候陆辰研二,沈一已经在国土局上班了。陆辰不在意这个,可沈一在意,总叨咕"等过几年,你该嫌弃我了"。每次陆辰都说:"那不能。"

陆辰嫌弃的不是沈一比他大,嫌弃的是她总在他面前装大。

结婚之前,两个人去超市,每次都是沈一非得拎最重那袋，抢都抢不过来。陆辰毕业，沈一没和陆辰商量，就托人给他整了一个留校名额。开始的时候，陆辰挺享受，时间一长，开始反感她处处拔尖那样儿。

陆辰知道，有的是铁律，反抗不了，比如两人结婚十几年，一直坚决贯彻沈一制定的一切为了事业的方针，至今没要孩子。陆辰喜欢孩子，但他估计在沈一最近的五年计划里也不会出现孩子这一条。有的反抗，偶尔奏效，比如每周五过夫妻生活。

周五那天，陆辰已经履行了责任，可是今天还是嗅到了一丝危险。

沈一开了一瓶红酒，给陆辰也倒了一杯。对陆辰来说，喝酒不危险，为了逃避每周五强制性的做爱，他经常勇敢而决绝地去赶赴各种酒局，甚至故意把自己喝翻。沈一放了水，在泡澡。泡澡也不危险，没结婚那阵儿，为了和沈一一块泡澡，陆辰没少使招儿。

危险的是红酒和泡澡这一套具有强烈暗示性的程序出现在一个法外时间。

结束后，陆辰出了一身汗，照例去了一趟洗手间，出来时沈一已经穿好了睡衣。

沈一问陆辰，"她是做什么的？"

看陆辰吃惊的样子，沈一冷笑了一声，"今天的你是你，表现都对。那天的你不是你，太有激情了，让人觉得回到恋爱那时候。"

陆辰垂死挣扎，"怎么还说起绕口令了。"

沈一说："陆辰，我不是小姑娘了，你也不是小伙子了，说实话，结婚这么多年，也就在这事儿上，你骗不了我。"

陆辰说："我还有什么能骗你的，连机械厂家属区你不都去过了吗？"

沈一说："你想有一个自己的空间，烦的时候，有地方可躲，也行。可是，陆辰，有的时候我也烦，也想躲出去，我一点儿都不想去公司，不想见客户，不想看合同，可我没有你那么知识分子。陆辰，这个家，这样的生活条件，是靠文艺，靠个性能维持的吗？人得长大啊，你不能总是这样。"

沈一到底还是没能忍住，哭了，"你经常找借口出去，我不是没有怀疑过，可我一直安慰自己，咱俩的感情基础扎实。今天坐在那个小屋子的时候，我还在骗自己，是我这段时间忽略了经营我们的感情。我刚才确定了，和陈台喝酒回来的那个晚上，你的激情根本不是因为我。亵渎了我们感情的，是你。"

沈一抽了陆辰两个耳光，"一想到你和别人上完床还和我做，我就恶心。"

陆辰忽地站起来，沈一吓了一跳。陆辰左右看了看，像是寻找什么，最终什么都没找到。失望之际，陆辰抬手给了自己两耳光。

沈一看到陆辰自己打自己，气势一下子塌下来，"书上说人到中年有多难，说的是女人，男人不是。男人到了中年才刚到好时候，你们开始有资本做你们想做的事了。从那个房子到这个女人，都是你想做的吧，你还想做什么？"

陆辰说："沈一，我们离婚吧。"

12

邢艳丽，安徽宿松县人，大专学历，学的是工商管理，1996年毕业。先后在北京广州都工作过，原来从事外贸工作，做报关员。2000年开始涉足影视行业，在一些电视剧里做群众演员，最大的角色是演过一个抗日剧的女二号。2017年来到安城，住在江北的王子花园B座101室。老家的人都说老邢家的姑娘发财了，给家里盖了三层楼房，买了全套高级家具。老邢家两口子种了一辈子庄稼，没承想老了老了沾了姑娘的光。家乡人都说邢艳丽是一个谜，总往家里寄钱，但不大回家，起码最近两年，村里没人看见过她。

这次外调是小秦负责，这几天没少跑，嘴唇都爆皮了。他说："宿松局的同志说，邢艳丽在2000年左右回去办过一次新身份证，第二年，也就是2001年回去办过一次护照。2010年的时候，宿松县公安局接到广州公安分局的电话，核实邢艳丽的情况，好像是涉及一起诈骗案。后来确认犯罪嫌疑人不是邢艳丽，是她当时的男朋友。这个信息我们核对过了,邢艳丽当时的男友姓张,确实是诈骗罪,刑期是七年,今年11月份出狱,还有四个多月。"

看小秦汇报完毕,小苏接过话茬,"据嫌疑人老袁交代,他和邢艳丽很是热乎过一阵子。就连出去拍广告,也带着她,还说服一个酒厂用邢艳丽做演员,拍了一个广告,现在广告片还没剪出来,人没了。事发的前两天,邢艳丽向老袁索要三百万元,老袁没答应,邢艳丽就威胁老袁把他俩上床的录音,老袁跟她发的牢骚,骂领导骂甲方的那些话,都发到社交媒体上。老袁交代,他没想要弄死邢艳丽,还是抱着好好谈谈的愿望。那天邢艳丽喝多了,在车上大喊大叫,还拽车门要跳车,说什么早晚的事,还不如现在死了得了。老袁说他去捂邢艳丽的嘴,想让她安静下来,没想到邢艳丽突然口吐白沫,他才慌了。老袁不承认是把邢艳丽扔下车,说是想挪下来,好抢救。按了几下,发现人没气儿了,看周围没啥人,他就跑了。"

技术科的同志解释说:"现场的指纹、脚印等痕迹证明,确是老袁所为。邢艳丽体内的精液也是老袁的,事发前一天晚上两人有过性行为。老袁说,那天邢艳丽很兴奋,他以为把她搞定了,不是说,男人对女人最终的征服是在床上吗?没想到,结束后,连床都没下,邢艳丽继续朝他要钱。老袁觉得被骗了,大吵了一架。所以杀人动机,在那次性行为之后就开始孕育了,不属于完全的激情杀人。"

在这么短的时间里,案件就修剪得这么眉目齐整,大伙心里都挺高兴,起码耿队在记者镜头前吹的有案必破的牛,算是圆上了。可是耿斌就是高兴不起来,那天原定是十二个人吃饭,老袁没来,就是十一个人,可是目前只排查清楚了十个人,另一个人是谁,请客的茶叶商人不认识,陆辰不认识,就连陈台也讳莫如深,只说是朋友,事情应该不那么简单。

13

陈台消失了。

听到这个消息,耿斌脑袋嗡了一声,下意识地反问:"消失……什么意思？"小苏也有点哆嗦，解释说："我们一直跟着他来着，昨晚眼看着他进的家门，今早一直没有出来上班。我们核对之后，发现不在家里，也不在电视台，就是……消失了。"

"他家里人怎么说？"

"说是让公安局带走了。"

"安城有几个公安局？"

"就……一个。"

"我们带他了吗？"

小苏反问："没带吗？"

耿斌把保温杯摔墙上了。

14

陆辰消失了。

尹紫玥问："消失……什么意思？"

沈一说："昨天晚上我没忍住，揭锅了。他提出离婚，净身出户，走了。"

尹紫玥说："又躲他那个小破屋里了吧？"

沈一摇头，"没有。"

尹紫玥又问，"那个女人住哪儿？"

沈一说："还没查到。"

尹紫玥说沈一，"让你沉住气，让你沉住气，你可倒好，这下被动了吧？"

沈一嘟囔，"谁有你那么能沉……我可咽不下这口气。"

尹紫玥不耐烦，"沈一梵，别动不动就扯上我。看你现在娘们唧唧的，怎么越活越窝囊了呢？瞅你就来气。大不了离了得了，反正你俩也没孩子没爪子的。"

沈一急了，"凭啥啊，他陆辰能有今天，不多亏了我嘛。我培养出的品牌，凭什么无偿转让啊。这么吃亏的事，我可不干。"

尹紫玥明白过味儿了，意味深长地看着沈一，"说吧，你想怎么办？就你那点花花肠子。"

沈一说："让你家老耿帮着找找，他们公安局不是能查住宿记录嘛。"

尹紫玥也急了,"沈一梵,亏你想得出来,我俩快两年没说话了,这次我必须跟他干到底,你别给我找事儿。"

尹紫玥看沈一不对劲儿,顺着她的视线回头,耿斌和陆辰正站在对面的公安局门口说话。

尹紫玥嘀咕了一句,"公安局现在搞破鞋也管啊。"

15

小白楼不是白色的,是黄色,尖顶,上面有红色的五角星,据说是当年流亡的白俄贵族盖的。盖的时候是白色,后来刷成了黄色,有将近一百年的历史了。

小白楼位于省政府大院深处,原来是档案管理部门,现在作用不明,好像是成了省级保护建筑,连政府大院的人也不大往这儿来。小白楼附近也成了省政府大院自然环境最好的地方,四周是高大的树木和没小腿的蒿草,经常有松鼠抱着榛子一闪而过,带动周围的蒿草也跟着晃动。小白楼侧后方有一道门，有武警站岗，可总是大门紧闭，平时也看不到有什么人出入，今天曹局和耿斌的车就是从这个门进来的。

一个看样子年纪不大，但头发半白的人在三楼接待了他俩。曹局介绍说："这位是狄主任。"按照曹局在车上的吩咐，耿斌详细介绍了安城江桥女尸案的进展，也坦言当天饭局的人员情况没有完全砸结实，陈台长失踪等最新情况。

曹局补充说："那天饭局上一共十一个人，五男六女，老袁到了的话，就是男女一半一半。邢艳丽死亡，另外五位女性都在我们的监控之中。"

狄主任给两人各扔了一颗烟，耿斌分别给点着了，凌晨两点的办公室里升腾起三道烟雾，三个烟头忽明忽灭，三张脸忽隐忽现。

狄主任对汇报很满意，"这五位女性要查清楚，有没有过线的行为。有，绝不姑息，在法律的层面，没有商讨的余地。没有，涉及道德层面的，还是以批评教育为主。问题真正的根源不在她们，社会上一小部分先富裕起来的人，在物质面前乱了阵脚，这些女孩被他们当成了礼物，请客吃饭必须请漂亮女孩作陪被当成了一种社交礼仪。当前很多重大的犯罪行为都是从这些所谓的小得意、小虚荣开始的，大道理都懂，漂亮话都会说，错也都在犯，必经过程。作为一种契约，司法是底线，作为一线的执法者，我们必须严格贯彻这种强制性的平等。"

曹局说："我们也充分吸取这次的教训，对全市的重点人口、重点场所进行有目的筛查，坚决将火苗消杀在最初阶段。"

狄主任对耿斌说："你刚才提到的两个困扰，我可以帮你解决。一，陈台长在我这里，你们不用找了。请他来坐坐，了解一些情况，时间有点长，我们尽快。第二，你们一直找不到饭局上的第十一个人，你现在知道是谁了吧？"

耿斌摇摇头，"不知道。"

狄主任从身后的柜子里抽出一个证物袋，倒出一个小塑料袋，可以看到里面是一颗玻璃珠子，"这是那天喝的茅台酒瓶里的珠子，你总归知道，那个你一直找不到的人，头发都半白了吧。要不也总应该知道，这个人后来在旁边踹茅台瓶子，说要串门帘子吧。"

耿斌说："我知道那个人是你，可是我不知道你是谁。"

狄主任说："我姓狄，陈台长管我叫老狄，可能那天他们都听成了老弟。三十几年前，我俩一起到省电视台报的到入的职，算是同事。"

耿斌问："那现在呢？"

狄主任说："现在他是一起腐败案的重要嫌疑人。"

耿斌问："你呢？"

狄主任说："我现在是这起案件的负责人。"

耿斌说："狄主任，我对您有一个不情之请，希望您能答应。"

曹局听耿斌这么说，有点急，一个劲儿给耿斌使眼色。耿斌当没看见，梗着脖子盯着狄主任，露出狼看见猎物一样的眼神。

狄主任倒是没有表现出异常，"你说。"

耿斌说："因为您涉及我市的一起女尸案，需要对您做笔录。"耿斌左右看看，"情况特殊，询问地点在这里就可以，还请曹局做笔录，这样也符合警务人员做询问笔录不得少于两人在场的规定。"

16

在那天的晚宴之前，狄主任和陈台长已经好几年没见了。

以前陈台长到省里开会，还到狄主任办公室坐坐。那时候狄主任在政法委管党建工作，还没调到纪委呢。狄主任说和陈台长也算是识于微时，说话一直没什么大小，唠的也都是刚到电视台工作那阵儿的人和事。这两年没见面，都忙，过年过节的时候会发微信，互相问候一下。

这次狄主任到安城出差，谁都没告诉，想办完事就走。接到陈台长电话时，他也有些意外。陈台长说，周五他过生日，请他也过来一起热闹热闹。都是很好的朋友，没有外人。陈台长还保证不跟别人介绍他的身份，就说是朋友。

狄主任说，听说安大的历史教授陆辰也去，他才决定去的。他喜欢陆辰在电视台的《明史十八讲》，说的都是历史书上能看到的事儿，可角度不同，一样的事儿就有了不一样的解读，很有意思。可惜那天不方便多聊，加了微信，以后找机会再多请教。

狄主任那天没喝多，散了之后，直接回的省城。关于江桥女尸案，他也是看新闻才知道的。

耿斌问："狄主任，你们吃饭是哪天来着？"

狄主任说："今天是周六，吃饭是大上个周五晚上。"

耿斌问："过去十几天的事儿，算不算历史？"

狄主任说："按照狭义历史观，算。"

耿斌问："那这段历史，要是换个角度去解读的话，会不会发现点新内容？"

狄主任说："对历史的解读不是空想主义，需要一个切口，你的切口在哪里？"

耿斌说："切口就是这座小白楼，系统的人都知道，双规都是到小白楼报到，还有就是您狄主任的身份。"

狄主任说："那天的事情也可以这么说，我去参加宴会，不是看陈台长的面子，也不是因为陆辰教授，而是因为知道茉莉也去。"

耿斌惊讶，"邢艳丽？"

狄主任说："准确地说，邢艳丽和茉莉还不是一个人。邢艳丽是贫困家庭奋斗出来的女大学生，茉莉说是模特也是模特，说是演员也是演员，但是也陪酒，好像对她们这样的人有一种称呼，叫外围。"

耿斌说："邢艳丽竟然能引起省纪委的注意，看来不仅仅是她的问题。"

狄主任说："历史事件里没有孤案，往根上掏饬，事件与事件之间都有必然的关联。发生在安城的江桥女尸案是一起重案要案的一部分，在调查的过程中，允许你们知道的部分，你们都已经调查得差不多了。这既是一起独立案件，你们按照法律程序该怎么处理就怎么处理。作为另一起案件的关联部分，也会在司法的框架内进行。王子犯法也是犯法，在法律面前，没有个案。"

耿斌站起来，敬了一个礼，"对不起，狄主任，刚才冒犯，请您批评。"

狄主任摆了摆手，"都是政法系统的，太知道你们刑侦队这帮人的熊样了，六亲不认。"

曹局长也站起来，敬了一个礼，也道歉。

狄主任看着曹局长，"你是应该道歉。你带他来汇报工作，不就是想让他整这么一出吗？"

曹局长竟然老脸一红。狄主任大笑，"一个省纪委的干部，在自己的办公室里，被一个地级市的刑侦队长审问。我这个历史纪录，起码在咱们省应该是没人能打破了。"

耿斌还不死心，故意嘀咕了一句，"陈台长这得犯了多大事，整这么大排场。"

曹局看着狄主任，也故意说："这么大派头，就怕陈台长一个人担不起。"

17

耿斌赶到胜利派出所的时候，小苏已经在大厅里等着了。看见耿斌进来，拽他到墙角，"耿队，你得做好心理准备，遇到啥事，都不能急眼。"

耿斌说："行，趁我还没急眼，赶紧把话给我往明白里说，到底咋回事？"

小苏说："有人报了110，胜利大街那块有人打架斗殴。"

耿斌问："然后呢？"

小苏说："就都弄到这儿来了。"

耿斌问："然后呢？"

小苏说："胜利所的老赵就给我打电话了。"

耿斌问小苏，"为啥给你打电话？"

小苏没吱声。耿斌气得闭了闭眼睛，又问："你又为啥给我打电话？"

小苏说："因为咱俩是当事人家属。"

耿斌没搭这个话茬儿，问："对方家属来了吗？"

小苏指了指里面，耿斌这才注意到陆辰坐在大厅的一角。耿斌有点不相信，"尹紫玥这是和自己同学打起来了？"

小苏说："不是，这次是我姐和沈一联手打了别人。"

耿斌想了想，明白了，"她俩把安然打了？"

看小苏没出声，等于是默认了，耿斌气得转身就走，小苏一把拽住。胜利所的所长老赵看他俩说得差不多了，过来和耿斌打招呼。他解释，"没动手，吵吵了几句，旁人误会，报了警。"

看到尹紫玥衣衫完整、妆容没花，耿斌多少信了老赵的话，可气儿一点儿没消。他连看都没看凑过来想跟他说点什么的沈一，盯着尹紫玥，"尹大记者，您到底还是没坚持到两年，还是让我来领人了吧。"

尹紫玥恨恨地白了一眼小苏，埋怨他怎么把耿斌招来了，面对耿斌的嘲讽，第一次没有回嘴。老赵整理好《打架协商处理协议书》，将三方当事人和各自的家属召集在一起，讲了几句话。这些话以前都是耿斌讲给别人听的，现在他作为尹紫玥的家属一方乖乖地站着听。

小苏是代表沈一的家属，耿斌知道，肯定是尹紫玥给出的主意。毕竟这事传出去好说不好听，尽量少让人知道为好，让自己的表弟来，也算是菜烂在自家地里。陆辰代表的是安然的家属，耿斌想，应该是安然实在没有人可以找了。

耿斌嘀咕，全乱套了。

18

尹紫玥承认是她帮着沈一找到的安然，也是她约的局。但她和耿斌强调，她们没打架，就是说话声大了点，是咖啡馆的店员误会了。

耿斌盯着尹紫玥，"这世界上的人都误会你了，其实你不是记者，是一个侠客。"

尹紫玥说："耿斌，我不和你争论这些，你什么时候把你那莫名其妙的优越感彻底放下，学会尊重女性了，咱们什么时候再好好说话。"

耿斌说："要是咱俩之间谈到优越感的话，是你的优越感还是我的优越感？动不动就拿男女权利说事儿，我作为男的，必须得在你这位女性面前匍匐在地呗？几千年的锅，就得我一个人背了呗？"

尹紫玥说："别把自己弄得多委屈似的，我那天穿一条瑜伽裤，你在背后说什么，别以为我不知道。男人，哼，看看陆辰，你们都一个德行。追沈一梵的时候，那个会来事儿啊，现在呢，还敢学别人玩出轨这一套了。"

沈一梵坚持要看看能把自己搞离婚的女人到底长啥样，像端了陆辰老窝那次一样，她答应不闹，尹紫玥才再次发挥记者找人的本事，约到了安然。

安然本名叫刘丽丽，安徽省定远县三和村人，1994年的，属狗。刘丽丽大专毕业，学的是财务，毕业后干了几年出纳，嫌挣得少，跟人一起去跑剧组。

耿斌问："她是不是还有一个就认钱的妈，总打她的爸，一个只知道管她要钱的弟弟？"

尹紫玥说："不是。"

耿斌提高了嗓门，"不是？那她们换剧本了？"

尹紫玥说："是哥哥。"

安然很坦率，上来就说，你们是不是觉得我是外围，弄得沈一梵和尹紫玥还挺不好意思，默默地低头喝咖啡。安然说，她不想说这个社会对女人友不友好这些屁话，对她这种没权没钱没背景，没上过多少学，又想跨越一个阶层的女人来说，最大的本钱也就是这张还算是年轻的脸蛋了。

安然说，她今年二十九岁了，一过三十，这辈子最值钱的本钱就不值钱了。虽然和一些有名有权的人在一个桌子上吃过饭，喝过酒，看着肩膀头一般齐，其实是天上地下的两类人。那些人再吃饭，酒桌上永远少不了她们这样的女孩，那些人可能永远都分不清谁是谁，对他们来说都一样，就是一个礼物，一个社交礼仪，可她们呢，就得过另外一辈子了。她想趁着年轻，还有点机会，想改改她家的穷命。她承认陪过酒，还以此换取过一些东西，有时候是金钱，有时候是机会。她狡辩说："哪个女人敢说她一辈子都没拿脸蛋换过东西？"

安然跟沈一梵道歉，那天晚上和陆辰的事，她说很愧疚，但不后悔，是人就有七情六欲，欲望没那么不堪。愧疚的是对不起沈一。

陆辰跟她说已经提了离婚，想娶她，吓着她了。安然承认喜欢陆辰，她说从小就喜欢有才华的人，但还谈不上爱。

安然说她渴望爱情，也明白她向往的那种爱都是有时间期限的，有效期一到，再热烈的爱也都淡了，变质了。

别说别人，她自己也经历过几段感情，热恋的时候也水里火里的，失恋的时候也天打雷劈，整夜整宿地哭。她说爱情跟感冒发烧一样，那阵过了，连她自己都奇怪当时怎么会爱上那么一个傻逼，还想过为这样的人去死。她说她现在不太敢去爱了，爱一个人太危险，还不如爱她的猫。她说，不是不相信别人，她连自己都不相信了。她怕别人厌倦自己，宁可先厌倦别人。

沈一梵打安然是安然自己要求的，她说你打我几巴掌吧，你好受点，我也好受点。

尹紫玥告诉耿斌，"我觉得陆辰是真喜欢安然，看安然那样儿，跟年轻时的沈一梵一样，都劲儿劲儿的。别的不说，安然是假名，沈一也不是本名。上学的时候还叫沈一梵，毕业的时候改的，说是不喜欢梵字。她觉得沈一这个名字贵气。她这么使劲儿，不也和安然一样，想跨越一个阶层嘛。"

尹紫玥分析，沈一梵打安然还有一个原因，就是安然说了解了陆辰对她的爱之后，才发现自己是值得被人爱的，以后会爱惜自己。尹紫玥说："这大概是碰着沈一梵的痛点了。"

尹紫玥说，陆辰追沈一梵的时候，就有一些流言，说陆辰吃女人饭。他考研究生，就是靠着和导师玩感情才上去的。沈一梵还怀疑过陆辰和她谈恋爱，其实是想落实工作单位的事儿，毕竟那时候她已经在国土局上班了，那几年国土局是好单位。

尹紫玥跟耿斌强调，"别看沈一梵是我同学，把她和安然放在一起，我还挺喜欢安然的，坦荡，敢作敢为。"

到了车旁，耿斌问尹紫玥，"我干爸还在三亚呢？"

尹紫玥上车，扔下一句，"你干爸你问我干啥？"

"我干爸不是你爸嘛。"

"我这个亲闺女哪有你这个干儿子亲，你们都快成哥俩了。"

19

6月6号,芒种。一大早,太阳明晃晃的。老人说芒种不下雨,夏至十八河,看样子今年夏天的雨水不会小。

等红灯时,安然打开车窗。好像是洒水车刚过去,一股无比熟悉的土腥味散落进车里,她贪婪地吸了两口。现在是早上七点,空气清凉,草木芬芳。两旁的树木在风里摇晃,发出窸窸窣窣的声音。

这是安城再正常不过的一个早晨,稍有不同的是,从来都是下午起床的安然一早就开车上路。车里开着音乐,一个男声在唱一首老歌,"曾经真的以为人生就这样了,平静的心拒绝再有浪潮……"

安然不知道,在她等红灯的时候,沈一的车也在后面,她们距离最近的时候前后只隔了一辆车。

安然是向前,过了这个红灯就驶上江桥,车上装着她全部的家当。再开十几分钟,过了高速收费口,她就离开安城了。

沈一是向右转,是去机械厂家属楼找陆辰。提出离婚后，陆辰当晚就搬出了他们江北的大平层。她一直在回想，买这个房子的时候，两人兴奋地讨论怎么装修，现在就剩下她一个人了，房子变得分外空旷，走道都有回声，大得吓人。

在沈一驶过江桥的时候，桥头一侧的路已经封闭，工程车、警车停了二十好几辆，拉着长长的警戒线。每隔几米就有一个警察站岗，小苏守在第一个位置，小秦是第二个位置，背对着桥面，站得如刀砍斧削般笔直。

安城公安局的曹局长和一个看样子年纪不大但头发半白的人站在桥边，两个蛙人已经下水，桥上还有两个蛙人在休息，身旁堆着全套的潜水设备。

安城公安局几乎精锐尽出，唯独没见刑侦队长耿斌的影子。

20

在江桥那边第二批蛙人做下水准备的时候，耿斌和尹紫玥在江南一家火锅店吃饭。

耿斌问:"要不要先给干爸打个电话?"

尹紫玥说:"那你叫他啥?"

耿斌想了想说:"算了,领完证,一接通,我就叫爸,看他啥反应。"

尹紫玥说:"啥反应,我爸能有啥反应,你拖着两桶大鼻涕的时候,他就认定你是他女婿了。"

耿斌说:"我妈不也一样嘛,咱俩还在幼儿园呢,就管你叫儿媳妇了。"

耿斌对尹紫玥说:"我想好了,尹紫玥,我得对你好,对你好一辈子,让你不好意思跟我撅哒。"

尹紫玥说:"别这样,大老耿同志,端庄一点。你这样,我有点不习惯。咱俩领证,我不希望你有什么负担,你不是陆辰,你不需要达到什么目的。我也不是沈一梵,也不是为了实现什么目标。和你结婚就是想和你在一起。"

耿斌告诉尹紫玥,"按照你的吩咐,我找过陆辰了。他就住在机械厂家属区,两个小室,没有厅,布置得很简单,有点像九十年代的那种感觉。一个靠边站,连吃饭带书桌。

他说除了教课，就是照顾猫，看书时间也多了，他说喜欢现在这样。"

尹紫玥问："是那只猫吗？"

耿斌说："安然不方便照顾，陆辰留下了。还叫原来的名字，大狗。"

尹紫玥说："你觉得陆辰爱安然吗？"

耿斌说："爱。"

尹紫玥不懂，"你凭什么这么说？"

耿斌说："按理说，以陆辰的身份、学历、名望，和安然在一起，他应该很有优势，但在安然面前，他自卑。他说安然年轻、漂亮、独立、有想法，反倒是他老了、古板。男人真爱上一个女人的时候，会出现自卑这种情况。"

尹紫玥点点头，"那天，安然也这么说，她说陆辰有文化、沉稳、得体，她不敢相信这样的男人会爱上她，觉得配不上他。"

耿斌感慨，"公安局说有案必破，但有一种案子谁都破不了，就是感情的案子。"

21

刘副书记消失半年多之后，再次出现在电视上，这一次不是视察，不是讲话，而是对他的庭审直播。他供认，贪污受贿的赃款都换成了金条，装在一个保险柜里，沉在了江桥南边第一根柱子底下。

在庭审现场，刘书记哭了。他自己也不明白，小时候那么穷，饭都吃不饱，他是靠着高考走出农村的，怎么就走到了今天这个地步。

陈台长也在电视直播里出现了，作为犯罪团伙的重要一员，再也没有了唱《红娘》时的风采，低着头，眼神涣散。在法庭上，他反复说，不就是吃吃饭、喝喝酒嘛。

事情远不是吃吃饭、喝喝酒那么简单，周五那天的晚宴其实遍布杀机。

陈台长等人获得消息，省纪检的狄主任秘密到访安城，明白一定是和刘书记被双规的传言有关。他们的小团体危在旦夕。那个白城的茶叶商人尤其不甘心，他一直在刘书记这条线上投入，还没等到产出呢，钱打了水漂不说，整不好，下半辈子还得蹲笆篱子。

看似一顿普普通通的晚宴，他和陈台长一方与狄主任一方一直刀光剑影，最后他们发现既探不出事情的虚实，也拉拢不了狄主任入伙，茉莉就成了他们最后的武器。

说到底，刘书记还是有些书生气，他一直以为茉莉是一个模特，他和茉莉的关系是爱情和忘年交，他甚至没有想过茉莉为什么床上功夫那么好。和久经沙场的茉莉相比，刘书记就是一个初谙世事的小男孩。

茶叶商人说，只有清除茉莉，才能切割他们和刘书记的关系。另一个好处是，茉莉一死，牵制一下警方力量，他们就有机会远走高飞。

茉莉是被茶叶商人弄死的，在晚宴快要结束的时候，他往茉莉喝的酒里掺了几片头孢，想造成意外的假象。狄主任踹酒瓶子的时候，他知道可能狄主任觉察到什么了，冲陈台长使眼色，想捎带手把狄主任也干掉得了。可陈台长一直拉着陆辰聊天，连看都不往他这边看。至于老袁那个傻子只是另一个自我陶醉的意外，他只是茉莉的一根稻草，根本没有上桌的资格，所以也没有影响最后的结果。

茶叶商人是在上海被捕的，他在浦东机场的洗手间里，已经听到飞往墨尔本的飞机开始登机的消息，但最终还是没能走到登机口。

在庭审现场，陈台长自责说，他得意忘形，忘记了党纪国法，有一段时间他什么都不放在眼里，安然那种年轻女孩是他晚宴时的摆设，陆辰这种知识分子也是他的摆设。

这次的庭审直播，创了安城电视台的一个收视纪录，但电视台首席记者尹紫玥没有参与，那天，她和耿斌在三亚度蜜月。庭审直播结束后，电视开始播放广告，一个穿着泳衣的女人跳进一杯饮料里，再像海豚一样跃出水面。尹紫玥的父母在楼下喊他俩下去吃饭。

她感慨："一顿饭，让他们吃成这样。"

他感慨："一顿饭，他们吃不成这样。"

图书在版编目（CIP）数据

铁锈新鲜 / 阿郎著． -- 北京：作家出版社，2024.8． -- ISBN 978-7-5212-2965-3

I．I247.5

中国国家版本馆CIP数据核字第20248GK307号

铁锈新鲜

作　　者：阿　郎
责任编辑：宋辰辰　杨兵兵
封面设计：奇文雲海 CHIVAL design
出版发行：作家出版社有限公司
社　　址：北京农展馆南里10号　　邮　编：100125
电话传真：86-10-65067186（发行中心）
　　　　　86-10-65004079（总编室）
E-mail:zuojia @ zuojia.net.cn
http://www.zuojiachubanshe.com
印　　刷：河北京平诚乾印刷有限公司
成品尺寸：152×230
字　　数：163千
印　　张：21.75
版　　次：2024年8月第1版
印　　次：2024年8月第1次印刷
ISBN 978-7-5212-2965-3
定　　价：58.00元

作家版图书，版权所有，侵权必究。
作家版图书，印装错误可随时退换。